小説

武田勝頼

武田かず子
Takeda・kazuko

題字
長妻流水〔号〕

まつやま書房

目次

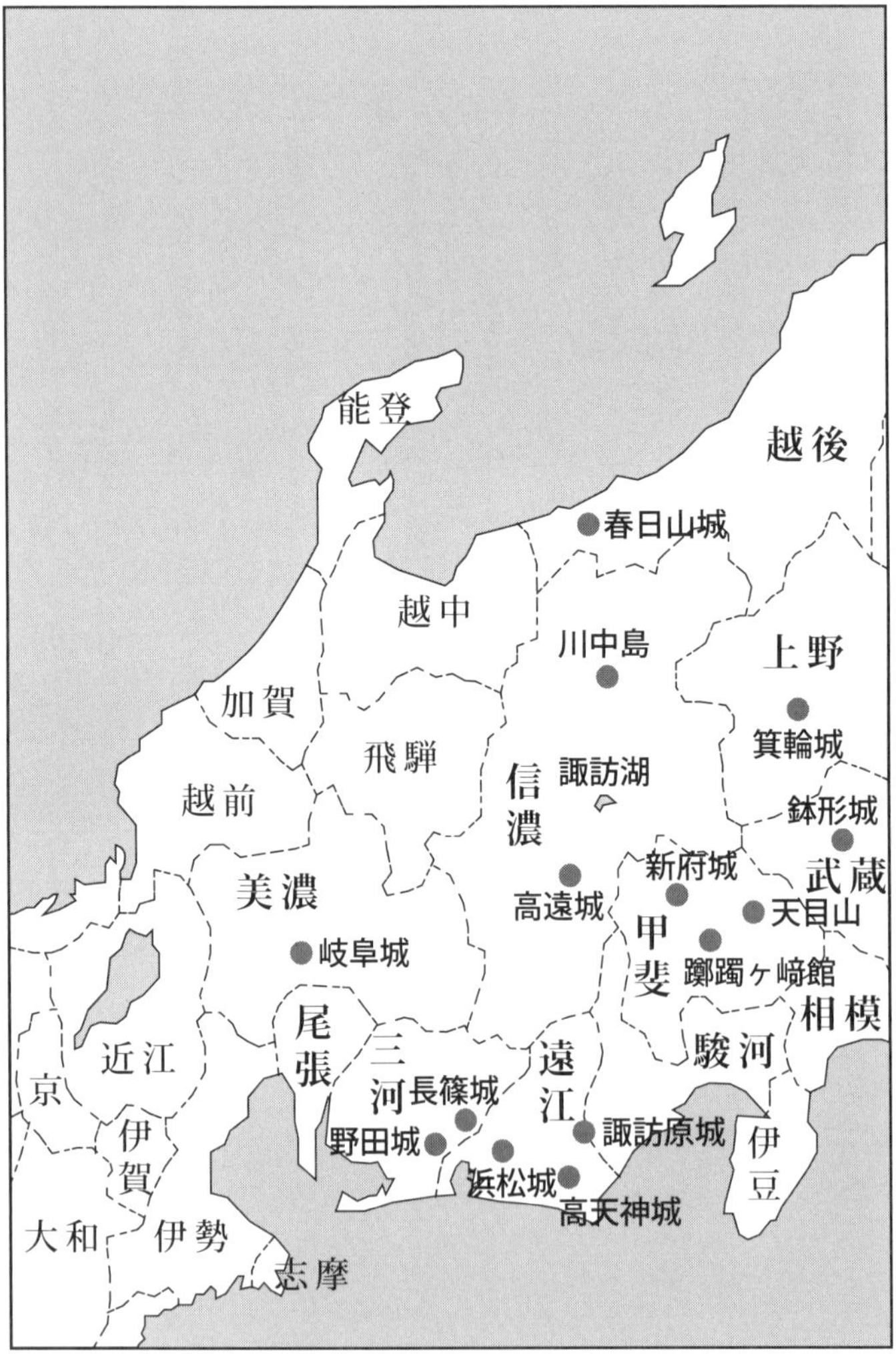
能登
越後
春日山城
越中
川中島
上野
加賀
箕輪城
飛騨
信濃
諏訪湖
越前
鉢形城
新府城
武蔵
美濃
高遠城
天目山
甲斐
岐阜城
躑躅ヶ崎館
尾張
相模
三河
遠江
駿河
近江
長篠城
京
伊賀
野田城
諏訪原城
伊豆
浜松城
高天神城
大和
伊勢
志摩

追想
武田勝頼伝

序章　勝頼誕生

――勝頼の母・諏訪姫――

天文十年（一五四一）、甲州古府にある躑躅が崎館一帯を白い薄霧が包んだ。早朝の寅の刻（四時）、若き武田家当主晴信は、まだ空が薄暗いなかで走る朝駆けが好きだった。このとき晴信の歳は二十三…、のちの武田信玄である。

「ご当主、今日はお休みください。霧が危のう御座います」

馬に乗って駆ける晴信を追ってきた隻眼の男が馬上から叫んだ。

「おお、勘助早いな――」

よく通る透き通った声で晴信は応えた。しかし馬を止める気配は無い。

「早いのはご当主の方です」

暦は皐月（旧暦五月）の初夏に入ろうとするも早朝はまだ肌寒かった。

「お止めになってくだされ。たまには躑躅が崎の庭を歩きませぬか」

止まる気もない若き当主に再度懇願する。

「それに今川の話などもあります……」

大事なことゆえ声を落としてボソっと言い放つも晴信は耳聡かった。晴信はすぐさま馬の勢いをおとさせて、追いついた勘助の馬と並ばせる。

「流石勘助だ……今川と言えばわしが乗ると思っているな？」

「けっして今川相手に油断なさいますな」

山本勘助はまだ武田に仕官したばかりの新参者である。同じく武田宿将で晴信の片腕でもある板垣信方の推挙で召し抱えられた。

駿河在住の浪人でありながら兵法に通じるとの評判を聞いた板垣が晴信に引き合わせたのだ。晴信は勘助の面構えを見てある直感を得たと言ってもいい。

――こやつは使える…

当時晴信は父・信虎を追放して当主に就いたばかりで信頼のおける部下を欲していた。また信虎の預け先は駿河の今川家…。いまは同盟を結ぶ関係だが、武田以上に各方面に勢力を伸ばす気の吐きようで、油断すれば武田領の南側を呑み込むか、または西を目指して京すら掌握するのではと、信虎追放前から晴信は危ぶんでおり、当主となった今ではその警戒感はさらに強めていた。

そんな折に推挙されたこの男は兵法家としてもとより、対今川相手の相談役になるのではと期待が持てた。なによりギラギラとした隻眼の鋭さが良い。この男なら裏も表も任せられるだろうと。

面貌だけで乱暴に決めつけた晴信だが、その予感は当を得ていた。晴信の過大な期待に応じたのか、勘助は仕官して早々に様々な策謀を用い、駿河方面への成果を水面下で挙げていた。その動きは数年後に実っていくだろう。

そんな勘助の対今川の進言である。晴信は応じざるを得ない。

早朝の深い霧の中で双方の馬の荒い息づかいやいななきが鳴り渡る。互いに馬上でひそひそと策略事を練る二人にとって都合が良かった。

「シーっ、誰か人が？」

突然晴信は周囲を見回す。勘助は少し面を食らった顔をしながら同様に見回した。忍び顔負けとも思えるこの若い当主の耳の良さには毎回感心をさせられる。この耳聡さは戦場の急激な変化ですら敏感に察せることだろう。

「赤い大きな花？」

晴信はぽつりとつぶやいた。勘助は晴信の視線を追って霧の中を見る。十間（十八メートル）ほど先に、白い霧の中に突然艶やかな赤色が見えた。晴信の言うとおりさながら赤い花である。白一面の眼前がさらにその花の美しさを強調した。その花は着物であった。

その着物を羽織る女性がこちらに向かい歩いてきた。後ろには侍女らしき紺の着物の幼い娘が続き、晴信らにも気づかず暢気に明るい声を出した。

「姫、やはり皐月、アヤメが美しい事！」

どうやら早朝から花を愛でにきたようである。侍女の感嘆に、赤い着物の女性は透き通るような心地よい声でこたえた。

「ええ…明るくなれば開くでしょうか？」

まだこちらに気づかず、赤い花はこちらへと近づいてきた。それはまるで大輪の様であった。霧が邪魔をし、二組は出くわした。

歳の頃なら十五、六のまるで花の様な少女の出現に晴信も勘助も息を飲んだ。

「……っ！」

侍女は侍女で声にならぬ声を発した。即様に事情を察したようである。

「お、おはようございまする！……ひ、姫様、武田ご当主に御挨拶を……」

慌てる侍女と比して赤い着物の『姫』は晴信に丁寧に会釈をする。

――ほお…

横にいた勘助は思わず感心をした。礼儀作法に疎い方だが、その姫の姿ふるまいはわずかな一動作であったが、見事であることは素人目でもわかった。

「早朝よりお騒がせをしました…」

か細い声ながらも記憶に残るような美しい声…。再び頭を下げ、姫と侍女は晴信らのもとから去っていった。晴信と勘助は戻る二人の後姿を無言で見送った。

進む方向からして姫たちは武田家が抱える人質たちに住まわせている館の方へと歩いていったようである。顔を知らぬ彼女らは、おそらく最近の戦にて従属させたどこかの領主の人質であろう。

これが晴信、諏訪姫波乱の幕開けの出会いだった。

あれから数日、晴信はときおり心ここにあらずという状態となることがあった。晴信の心には、霧の中から急に現れた赤い着物の美少女が頭を過ぎては消えまた過ぎては消えた。

「晴信様……」

政務の合間に一人もの想いに耽てた晴信に勘助は不意に声を掛けた。

「勘助、呼んではおらぬわ！」

思わず声を張り上げる晴信。自身の心境を覗かれた気がした。

「そろそろお呼びだと思って……」

勘助は気にせず言葉を続ける。部屋はいつのまにか人払いを済ませていた。

「あの姫を調べてまいりました」

「だろうな！　まあ武田の人質だ！　其方なら直ぐ分かろう」

対駿河方面以外にも色々と賢しく動き回る男である。少々無配慮なきらいがあるが、その男が自ら伝えてくると言うことはそれ相応の重要さであろう。

「で、どこの姫だった？」

前のめり気味に晴信は尋ねたが、勘助は重々しそうな顔で告げる。

「……諏訪頼重の娘・諏訪姫でございます」

「なに！　そんな事があろうか？」

　諏訪家は南信濃の名跡である。晴信は信濃攻略の足がかりにと諏訪頼重を攻め、頼重本人を捕らえ甲斐まで連行したばかりである。

　そもそも諏訪を手に入れる事は、父・信虎も切望し、そして苦戦し続けた。結局信虎は諏訪頼重に娘を嫁がせ和睦した経緯がある。

「あの姫は頼重の側室の子晴信様の御従姉妹、理子様（後の理経尼）の姫君です」

「理子の子？　頼重の子とな…あの花のように美しい姫は頼重と理子の子か？」

　晴信自身の狼狽ぶりを示すかのようにぶつくさと何度も繰り返す。

「して…肝心の頼重はどうなっておる？」

「それが……今朝早く御自害されたと先程知らせが……」

「むむ！」

　晴信は思わず唸った。頼重は誇り高い男だ。武田に与せず自害することも普通に考えられ、南信濃諸族の懐柔に利用できないと晴信は踏んでいた。晴信が唸ったのは今後の戦略に支障をきたしたことからではない。諏訪の姫との間に大きな溝ができたことに対してだった。

「姉は引き取るか？　人質で嫁いだし正室ではない」

「はい、そして理子様は尼になると思われます」

「姫は？」

「はい、自分が様子を見に行ってきます」

「頼むぞ！」

　勘助は即様に動く。晴信は一人となった空間の虚空をただただ見つめ続けた。

　勘助は人質の諏訪姫がいる館を訪ねた。取り次ぎを済ませて勘助は客間で待つ。すると侍女のあやと共に諏訪姫がもの静かに入室をしてきた。先日と同様に見事な赤い着物であった。

「姫様、晴信様の家来山本勘助です。お見舞いに参上しました」

　つとめて丁寧にふるまうが、本来の粗野さは隠しきれない勘助。不釣り合いの会見だとは自覚しているが、こればかりは自分が務めなくてはならなかった。

　無言が続く。重たい空気が部屋に沈殿した。やがて口火を切ったのは諏訪姫のほうであった。

「勘助とやら、父は殺されたのですか？」

いきなり刃物を喉に突きつけられた心地だった。勘助は努めて冷静に答えた。

「いいえ、御自害です」

「殺されたと同じです」

勘助がどう答えるかわかっていたのだろう、諏訪姫はピシャリと言い放った。先日あの霧の中での凜とした対応とは打って変わってわずかに直情的な面を見せていた。無理もない…、と勘助は思った。そんな姫の一面を見せられることになった直接の原因である武田家臣という自分の立場を呪いたいとすら思った。

「父は晴信様を信じて、私を武田に人質として差し向けました。母もです」

「私はどうなります？　武田は南信濃を手に入れたいのでしょう！」

矢継ぎ早に姫は勘助に詰め寄る。ここはひたすら感情を吐き出させた方がいいと勘助は押し黙っていた。

「……私たちも殺されるのですか？」

勘助は目を諏訪姫に向ける。傍らの侍女も青ざめた表情で姫を見ていた。

「私は自害できません、そして生きたいのです…」

齢十五、六の娘の年相応の願い。諏訪が敗れ武田に人質としてきたときは覚悟もしてきたであろう。だが実際死と直面すれば事前の覚悟などというものは。

「生きて諏訪に帰りたい！　城が無くてもいい！　私は諏訪に帰りたいのです」

いよいよ感情が爆発したのだろう。直接の気持ちを勘助にぶつける。時折にらむように美しく強い瞳が勘助に刺さった。

……美しい。不謹慎にも勘助は思った。姫につられ舞う赤い着物。先日のときとは真逆の姿ではあるが、双方の姿それぞれが姫の美しさを顕していた。

――この姫の生への渇望、そして幼いながらもある聡明さと美しさ…

――そして晴信様が抱く想い…これなら…

勘助の頭のなかで一つの結論が導き出された。

「生きたければ生きるのです！　生きて諏訪に帰りなさい！」

勘助は隻眼の鋭い眼光で姫を見つめ力強く言った。

「では帰っていいのですね！　帰れるのですね！」

「帰れます…故郷に錦を飾るのです」

「エッ！　女の私が旗揚げですか？　無理です」

故郷諏訪の地へ凱旋することなど敗れた者の、さらに女の身である自分にできもしないことだ。理解が追いつかなく訊ねる諏訪姫の言葉から一拍の間を空け、勘助は言う。

「いいえ姫のお子が旗揚げするのです」

姫の顔が一瞬で青ざめた。全てを理解したのだろう。勘助は構わず続ける。

「姫は、晴信様の子を産むのです。しかも晴信様に劣らずの武将となる男子を」

すでに晴信には三人の男子がいた。武田の後継者は三人のうちの誰かであろう。なら支配領の姫の子ならそのまま諏訪の後継者として置かれるはずだ。

「甲斐と諏訪が一つになればその諏訪を継ぐ者の母として帰れるのですぞ」

「嫌だ！　敵の子を産むのですか？　父の仇の子を産めと？」

諏訪姫の反発はもっともであった。

「あや、何とか言って、あや！」

たまらず諏訪姫は側に控える侍女のあやに助けを求める。

「姫様ご自害されるならば…あやもお供します」

諏訪姫の心情を察した侍女は気丈に言ってのけた。しかし端からみても身体は震えあがっており、その顔はいまにでも泣き崩れそうである。諏訪姫はその侍女の悲壮な様子をみて複雑な面持ちでしばらく黙った。部屋に漂う沈黙の空気をやぶるにはあまりにもか細すぎる声であったが、諏訪姫は言う。

「……これは晴信様のお考えですか？」

「この度の見舞いは晴信様の言いつけではありますが、先の提言は独断です」

「…そうですか」

勘助はひと押しにと最後に告げる。

「晴信様のお子を産むか御自害されるか……よくお考えを…」

「勘助何て事を…」

晴信のもとに戻り諏訪姫とのやりとりを一部始終に伝えた。さすがの晴信も困惑をした顔である。

「姫はまだ齢十四・五ほどの娘だぞ…」

そう言ってしばし思案をする晴信だが、勘助の思惑を理解しボソリと言う。

「……おまえは知恵者だな」

「御当家発展の為です」

頼重の死を知ると、諏訪衆が仇とばかりに攻めてくるのは明白であった。それを抑えるのが諏訪姫という存在である。さらにその姫が武田当主の子を産めば敵対するどころか、やがて味方に取り入れられる。正攻法では四・五年諏訪と小競り合いが続き、武田にも多くの犠牲者が出るはずだ。

勘助はそれは秤に掛けるまでもないと考えていた。

「晴信様と諏訪姫との婚礼しかありません」

きっぱり言い、晴信は虚空を見つめた。

勘助の予想どおり晴信は諏訪姫に恋慕しはじめていた。とはいえここまであからさまな政略婚を強いるのは晴信にとって嫌悪することであった。しかし、なにより諏訪姫の命がかかっている。

「そうであろうな…」

晴信は物静かに言った。

果たして、その年の冬、晴信と諏訪姫は婚礼を交わすのであった。

勘助の考えは的中した。やがて諏訪姫は玉の様な男の子を生んだ。諏訪四郎勝頼の誕生である。しかし事はすんなりとは行かなかった。

〔注　他の小説では、晴信と諏訪姫は直ぐに婚礼を行い、諏訪姫は僅か十五歳で勝頼を産んだとある。しかし甲陽軍鑑（武田家記録）によると頼重は晴信が二十二歳の時に自害し、勝頼は晴信が二十六歳の時に誕生している〕

やがて月日は流れ、晴信と諏訪姫の出会いから十四年が過ぎた。長い様な短い様な十四年である。

多くの戦いに明け暮れる晴信の十四年は早いが、四郎勝頼の成長だけを見守る諏訪姫の日々は長かっただろうと思われる。

晴信は戦から帰ると勝頼の顔を見に部屋に寄るが直ぐ戻ってしまう。矢張り晴信には姫はいつも冷たかった。

やがて躑躅が崎の館にいては、甲斐の出でない諏訪姫だけが馴染めなかった。諏訪の畔の美しい湖を見渡せる高台の屋敷に、姫と四郎は暮らすことになった。

晴信は、二人の顔を見に寄るが、多忙の為すぐに退去した。そんな日々の繰り返しだが、四郎の可愛さが晴信にも姫にも救いだった。

やがて勝頼は齢十となった。弘治元年（一五五五）のことである。武田家では子どもが齢十になると生みの親から離れ、当主の信頼があつい家臣夫婦が育ての親として教育するのである。これを傅役と言った。

晴信は板垣信方に預けられ、晴信の長男義信は飯富虎昌に預けられ、四女松姫は秋山信友に預けられた。四郎の傅役は阿部勝宝と言われる。傅役のもと男子は、馬・剣・槍の武芸はもちろん、書の読み書き等もひたすらに習う。

四郎も母の元を離れる日が来た。その日晴信は、いくさ（第三回川中島の戦い）の最中で留守だったが、大切な四郎の迎えは諏訪湖に長い行列が出来た。

「ごめん、武田家より諏訪四郎様お迎えへ！」

諏訪の館に阿部勝宝の大きな声が響いた。しかし反応がない。

「謹んでお受け致します。宜しくお願い致します」と言うはずの諏訪御前と四郎の姿がない。

阿部ら武田家臣達は不思議に思いながら屋敷に入った。屋敷中の部屋を回ったが二人の姿がない。

しかし、台所に行くと恐る恐るソワソワしているお女中たちの姿があった。

「おい、四郎様と諏訪御前様は？」

と、武田の家臣が訪ねると、「それが四郎様は屋敷の下に……」と床を指差した。

誰かが四郎を床下に隠したらしい。台所の床下は板を剥がすと階段があり、床下には米・味噌・酒・梅干し等が保存してあった。

居た！　四郎は藁を敷いて座っていた。すばやく阿部が勝頼の目前で平伏し、恭しく訊ねる。

「四郎様！　お一人で怖くありませんか？」

「大丈夫だ！　四郎は男の子だから！」

健やかな声で言い放つ勝頼に、阿部らも安心した。だがまだ懸念することがある。

「四郎様…御前様は？」

「分かりません、母とかくれんぼしています……」

「しまった！　御前を捜せ！」

その時、「誰か?!」と外の様子を見ていた侍女が壮絶な叫び声をあげた。

その叫び声のもとに武田家臣たちが駆けつけ、侍女が指さす方向に湖に入っていく赤い着物の女性の後姿があった。そのさまは冬の湖面に真っ赤な花が浮かびさまようであった。

「御前、お戻り下さい！」「まだ浅い！」

口々に誰かが叫ぶと次々と男たちが湖に入って行った。

数分後、やっとの思いで御前を抱きかかえ男が小走りに戻ってきた。

「早くお着替えと布を！　手の空いてる者は火を焚け！」

その様子を見た阿部が叫ぶ。霜月（十一月）の諏訪湖はあまりにも冷たかった。

「四郎を返せ！　武田は嘘つきだ」

家臣に抱えられながらも蒼白い鬼気迫る顔で諏訪御前は叫んだ。

「男の子を生んだら諏訪を名乗っていいと言った！」

母親としての気迫にいくさ慣れしていた男たちでさえもたじろいだ。まだ幼い四郎はその母の様子を遠目でただじっと見つめるだけだった。

「なのに何故武田は四郎を連れて行く！」

母の叫びはあまりにも悲しくあまりにも冷たく諏訪湖の湖に響くのだった。

その夜高熱にうなされた勝頼の母は帰らぬ人となった。この儚き女性は十五歳で晴信と出会い十九歳で勝頼を生み、僅か十数年の生でその若き姿は諏訪の湖に消えてしまった。

川中島の戦から戻った晴信は、その報告に涙した。側に控えていた勘助もまさかこのような結末を迎えるとは思わなかったのだろう。一言も発することができなかった。

ただ一瞬しか幸せを手にする事が出来なかった諏訪姫の涙は今も諏訪湖でキラキラと輝いている。

そしてここに、武田の当主として最期まで立派に戦い、天目山に散った勝頼の物語が始まる。

武田の女たちと諏訪姫

武田家の軍学書「甲陽軍鑑」と言う書物は武田家四天王の一人高坂弾正昌信が書いた。

甲陽軍鑑にはあまり女性の名前が出てこない。信玄の長女と次女の名は分からず、三女真理姫・四女松姫・五女菊姫は出てくる。

国会図書館で調べたおり、信玄正室が秀子姫と分かった時の感動は忘れられない。

高坂弾正昌信に問いたい？

何故女性の名前を時々伏せるのですか？と……。

勝頼の母は病死ともあるが諏訪湖の湖に身を投げた説もある。

所感で申し訳ないが後説を書いてみた。その方が高坂弾正が名を伏せた気持ちが分かるような気がするからである。

信玄公が、勝頼と山縣昌景に託した遺言に有名なのが「三年間戦いをするな、家督は勝頼の長男信勝に継がせる」ともあるが、他にも「わしの遺体は諏訪湖に沈めよ」とある。結局遺体を湖に沈める事はしなかった。これは四月十二日に信玄は亡くなったとあるが、旧暦表記であり現在に換算すると六月となるので、上洛の進軍から戻る途中では腐る可能性も高く、長野の伊那辺りで火葬したらしい。

信玄公が自分の遺体を諏訪の湖に沈めよとは、諏訪姫の所に行きたかったのではないだろうか？

ここが小説のロマンである。

現在の諏訪湖（長野県諏訪市）

第一章　勝頼の結婚　―正室・織田おりゑ―

【永禄八年（一五六五）～】

――武田はすでに死に態《たい》であるか……

天正十年（一五八二）、武田は滅びの道を突き進んでいた。天下布武をとなえ着々と諸勢力を支配下に治めていった織田信長の手によって。

勝頼の拠点であった新府城を脱し、祖父信虎が築き父信玄が威光を高めた躑躅ヶ崎館に落ち着く間もなく更に東方へと向かった。甲府盆地の東端に近い天目山棲雲寺に向かって徒歩を進める勝頼はそれを変えられぬ事実として噛み締めていた。共に歩む家来や姫たちもその絶望的な現実を受け入れるか受け入れないかをさも迷っているかのような神妙な顔もちである。

織田勢に追われながら自身への後悔が何度も頭をもたげるが、それを無理矢理にでも払拭するかのように激しくかぶりを振った。いまだに仕えてくれる者たちにこんな姿をみせてはならないと強く戒める。自分は最後まで武田を慕ってくれる哀れな敗残兵を引き連れる責務がある指導者なのだ、と。

しかしそれでも去来するのは勝頼自身、そして武田家の過ぎ去りし日々のことだった。まだ死地と目した場所へは遠いようだ。勝頼はうつろな目で歩きながらも暫しの間、もの思いにふけることとした。

最初に思い起こしたのは、父信玄よりはじめて城を任された高遠城時代のことであった……。

◇◆◇◆◇◆◇◆◇◆◇◆◇◆◇◆

「おりゑ、外は桜が奇麗だ」

勝頼は出産を終えたばかりの妻おりゑの見舞いに来ていた。

少しさかのぼった永禄八年（一五六五）、おりゑは織田からの嫁として勝頼と婚姻を結んだ。勝頼二十、おりゑ十二の年齢であった。

少し彼女の行く末も含め説明をすると、おりゑは信長の養女で織田信長の妹の子である。この信長の妹は若死したらしい。信長は妻の濃姫との間に子が無かった為、おりゑを大切に育てた。信長の妹の夫（おりゑの父）は、美濃国人衆苗木遠山直康である。この婚姻も武田・織田双方の美濃国を境にした緩衝材となることが意図されたのだろう。

おりゑは、天文八年（一五五二）の生まれといわれ元亀二年（一五七一年）に死去。逆算するとおりゑは十八歳で勝頼の母と同様に若死にしている。

しかし、十四歳のときに待望の勝頼との男子を産んだが、不可解なことにその直後に尼となり龍勝院と名乗っている。何故剃髪して尼になったのだろうか。勝頼とおりゑの子はのちの信勝となるが、この時の信勝出産の際になにかあったのではないだろうかと思われる。

話をふたたび高遠城に戻そう。

おりゑとその付き人たちは高遠城内の北に屋敷を建てて貰い、何人かの婚姻の際に付き従った織田家来達に守られて暮らしていた。おりゑは、産後の肥立ちが悪く床に臥せる日が続いた。

少しでもそんな彼女を元気づけようと道中見てきた高遠城の桜の様子を語る若き勝頼。高遠城は三峰川と藤澤川の流れによって形成された河岸段丘上にある。この高台にある城からは天竜川が流れる谷底までを一望できた。そして谷底に向かって一堂に咲く桜も見事であった。

「体調は如何だ？　桜を見に少し歩けると良いのだが……」

つとめて明るく振る舞う勝頼の声が白檀の匂いとともに座敷内にむなしく漂う。

「申し訳ございません。姫はとても歩ける状態ではありません」

おりゑの代わりに侍女のさやが答えた。老女らしいしわがれた声だ。おりゑは虚ろな目で横になったままで天井を見ている。

勝頼は不信に思った。さやがしきりに自分の右手で左手を擦っている。はじめは勝頼はさやが左手を怪我しているのかと思った。天井を見ているおりゑに対して、老女のさやは、しっかりと勝頼を見ている。

――ん……、おりゑは左利きだ！

嫌な予感が勝頼の脳裏を過ぎった。その時である、おりゑは突然起き上がり布団の下に手を入れた。アッと言う間の出来事だった。

おりゑは勝頼に向かって小刀を投げ付けた。小さい鈍い音が壁に向かって響いて畳に落ちた。あまりにも悲しい音を三人は聞いた。

日は落ちて、外は花見酒に寄っている人が賑やかである。

「おりゑ！」

「姫様！」

さやは、力強くおりゑを抱きかかえていた。

おそらく勝頼が斬り掛れば身代わりになろうとしているのだろう。その姿は哀れだった。織田から来たさやは、おりゑを赤子の時からの守役なのであろう。二人は抱き合っていた。

「勝頼様、お許し下さい、姫は病です」

抱き合いながらさやは勝頼に対して弁明をはじめた。

「姫は産後の肥立ちも悪く、お腹も背中も腰も痛く、毎日眠れてません」

老婆が必死にまくしたてる様子を哀れと思い勝頼は黙って聞いていた。

「ご自身がお産みになられた赤子を抱くことも会う事も叶わず、食事も喉を通りません」

さやは息を切らしてまで代弁をする。涙を流していた。さやは泣きながらおりゑをまた布団に寝かした。おりゑの目はまだ虚ろだった。

「さやの気持ちは分かった」

もともと勝頼には二人を責める気持ちは一切なかった。漂う白檀の匂いがなにか増したような気がした。

「おりゑと話したい……おりゑ、話せるか？」

諭すように静かにおりゑに話しかける。

「やはり…おりゑは勝頼を殺したいほど憎いか？」

おりゑは変わらず虚ろな目で訥々とはじめた。

「勝頼様…おりゑは勝頼様の子を死産していまいました……申し訳ありません」

「しかたがない……時がたてばまた子を産める。早く元気になってほしい」

若い勝頼にはこう言うしかなかった。

「勝頼様を許せなかったのは…側室が産んだ子を私の子として連れて来た事です」

「すまぬ……おもな家臣らと話し合った結果なのだ」

勝頼は出産いまだ初春の寒さが残る当時のことを思い出していた。おりゑが産んだ子は出産時には既に息をしてなく、泣く事も出来なかった。勝頼はおりゑが悲しむと思い、数日前に側室の産んだ子とすり替えたのだった。このことは勝頼とおりゑを鎹《かすがい》にして織田家との関係を保ちたい家臣たちも賛同した。

「そんな事をしたところで自身が産んだ子を見抜けぬ母がいましょうか」

「そしてなによりその側室も悲しみます……育てられないなら死産と同じです」

勝頼はその言葉で、母という存在を侮り、そしておりゑと側室双方を傷つけてしまった己の不明を恥じた。

「すまなかった。武田の男は女心がわからぬ……」

勝頼はおりゑとさやに向かい平伏した。脳裏に赤い花がおぼろげに浮かんだ。

「勝頼様に刃を向けた私はお手打ちですか？」

できるわけがない、と勝頼は思った。織田との関係もあろうが、なによりこのおりゑを自分は愛しているのだ。この娘がなにより愛おしいことを今更ながら気づいた勝頼だった。

「いや勝頼は一人で此処へ来た。皆は花見でこの事は誰も知らない……」

今回の騒動をなかったことにしようとする勝頼に、おりゑは布団から身を起こし、なにか悲壮な決意を目に宿して言う。

「なにより私は勝頼様の御子を死なせました…これは許される事ではありません」

それは…と言いかけるがそれ以上の言葉を紡げぬ勝頼は言いよどんでしまう。

「死産した御子を弔うため、どうか私が仏門に帰依することをお許し下さい」

「何!?　剃髪するのか？　おりゑはまだ十四だぞ！」

おりゑの予想外の言葉に勝頼は叫ぶ。だがおりゑは言う。

「御子のため経を唱え、戦いの勝利と勝頼様のご帰還を祈り続けたいのです」

「ならぬならぬ！　なにより武田の跡継ぎはどうするのだ？」

言いながら勝頼は、なぜ「跡継ぎ」という言葉が真っ先に出たのか、疑問に思った。そしてなにがあろうと共に生きていこうと素直に言えぬ自分にもどかしさを感じた。

「今回の死産でわかったことです……私はもう産むことができません…」

「姫様！」

側で黙っていたさやが必死の形相でさえぎろうとするも、おりゑは悲しげに微笑して続けた。

「ですからどうか側室の産んだあの子を後継として御育てて下さい……」

いつのまにかおりゑが両手で勝頼の手を掴んでいた。そして懇願するかのように言う。

「勝頼様と私の子は死を以てあの子に武田を譲ったのです」

下から上目遣いに勝頼を覗くおりゑの顔は少し狂乱じみたものを感じた。

「おりゑを哀れに思うなら！　病を治したいなら尼になる事をお許し下さい！」

激情のあとに静寂が訪れた。うっうっと啜り泣くさやの声だけが耳に届く。

――なんと、なんと声を掛けてやれば……この女を救ってやれるのだ…

数瞬の間にさまざまな言葉が頭をめぐった。そんな勝頼の口から出た言葉はあまりにも淡々としたものであった。

「おぬしは心も身体も疲れているのだ…もう少し休め」

勝頼はこんなことしか言えぬ自分が憎かった。果たしてこれが彼女への真の労りからでた言葉だろうかと自問自答しても答えは出ない。己の…跡継ぎとしての…武田の…そんな柵《しがらみ》ばかりの身勝手な自分の偽りの言葉ではないか。

「私は天国の子を想いながら此処で暮らします。私は織田には帰りません」

おりゑは誰に言うでもなくぶつぶつと言い始める。

「私は桜と杏の花が美しい高遠が好きです」


勝頼はおりゑの屋敷を出た。

結局、仏門に帰依することがいまのおりゑにとって一番の慰労であろうと勝頼は認めた。わずかばかりに晴れ晴れしい顔となったおりゑをよそに、勝頼の胸に在する苦々しいなにかは諸々への後悔なのだろう。

複雑な心境で歩く勝頼に反して、高遠城は桜が美しい盛りで、皆がお花見を楽しんでいた。酒を飲み賑やかな城内だった。

勝頼が肩を落とし自身の屋敷に帰るのを誰も気づかなかった。人々は酒に酔い勝頼の男子誕生を心から祝っていた。

やがて桜に夕日が掛かり辺りがほんのり暗くなると宴は増々賑やかになり、勝頼は酒に酔ったと偽り部屋に籠った。

「おりゑは今頃泣いているだろう……」

と勝頼はおりゑの白い横顔を思った。

泣くために武田に嫁いだ哀れなおりゑは勝頼の母と面影が重なった。

母が亡くなったのは十一月の寒い日だった。当時十歳の勝頼は、母の顔を覚えていた。どこか母と似ているおりゑの淋しい美しい横顔が、布団に入った勝頼の脳裏に浮かんでは消え浮かんでは消えた。

うとうとする勝頼にやがて白い朝が来た。昨日の賑わいは嘘のようにひっそりとした朝だった。


そしてあれから三年が過ぎ、今年もあのときのように桜は咲き乱れていた。そしてやがて美しい桜が散り始めた。桜は静かに風に乗り琴の音に乗り夢の様に散り始めた。やがて緑の高遠城に雨が降り始めたように桜ビラが舞い桜は一気に散った。勝頼にその美しさは夢の様であった。

勝頼も将としてあわただしさがあって、数日高遠の地をはなれていたが、久しぶりに高遠へ戻ってこれた。戦いの疲れを忘れ、桜の雨が肩にかかる勝頼の脚は自然とおりゑの屋敷に向かった。するとまるで勝頼を待っていたかの様に屋敷の扉を開けておりゑが出てきた。やがておりゑの白い着物に桜が舞い始めた。

まるで雪に桜が散る幻想的な夢の世界の絵の様な美しさに勝頼は我を忘れた。

しかし……である。しかしおりゑの姿はふっと霞のように消えてしまった。

「おりゑ！　如何した！」

突然の出来事に理解が追いつかなかった。勝頼は急ぎ早に屋敷に入り、誰かを呼びつけたが返事はない。おりゑの居る座敷へ向かい勢いよくふすまを開けた勝頼に信じられぬ光景がそこにあった。布団に横たわるおりゑの姿である。

そして座敷には嫁入り以来おりゑに従ってきた織田の者らがさめざめとした様子でおりゑを囲っていた。その者達が無念の顔を浮かべ勝頼に告げた。

「勝頼様、今お呼びに伺う処でした。おりゑ様が突然…身罷りました……」

やがて風に乗った桜びらは、おりゑの屋敷に雨の様に降り始めた。我に返った勝頼は、横たわるおりゑを見て、

――桜と共におりゑの命も散ってしまったのか？

と呆然としながら悲しい現実を知った。

勝頼の眼前には、只々幻の桜びらが美しく舞うばかりだった。それは幼少のときの母の記憶をも呼び起こしていた。

第二章　御館の乱密約　―異母妹・菊姫―

【天正四年（一五七八）】

――まったくおりゑには不憫なことをした……

まだまだ天目山棲雲寺への道のりは長い。重い足をなんとか進ませながら自身の高遠城代時代のことを思い起こし、武田家の男は女性を不幸にするものなのだろうか…、そのような自虐を心のなかで繰り返していた。横には今もこの敗北の将にけなげに着いてくる北条の婦人がいてくれる。この継室は、おりゑの死から十二年後、勝頼三十二歳のときに北条との同盟の証として迎え入れた。

その十二年の間に武田は激流に呑まれたかのような出来事が様々にあった。だがいま思い起こすことは、いま横にいる北条の娘のように、戦国大名同士の政略結婚に利用されてしまった自身の妹のことであった……。

彼女の運命は、自身に北条の娘が嫁いできた天正五年（一五七七）の僅か一年後、ある出来事によって大きく動くことになる。

◇◆◇◆◇◆◇◆◇◆◇◆◇◆◇◆

勝頼の齢も三十三と壮年を迎えていた天正六年（一五七八）、上杉謙信死去。上杉と織田信長との争いが激しくなっていくさなかのことである。すでに武田織田の同盟も破綻しており、勝頼の父信玄も打倒信長を掲げ西方上洛作戦をおこなったが、そのさなかに没している。信長は天運に恵まれていると言えよう。

ますます巨大化していく信長の勢力図に、諸大名は室町将軍・足利義昭の号令のもとなんども擬似的な連合を組んでそれにあたった。しかし包囲網を敷いて叩こうともそのたびに復活する信長の動きに、各勢力は足並みもそろえるのも難しくなり、各個撃破されるというかたちでその包囲網は半ば崩れていった。

勝頼自身も、信玄の死後武田家を継ぐことになったが、結局は三河の長篠・設楽原の戦いという大規模な合戦で武田は壊滅的な被害を受けることになる。信玄死後に勝頼が手に入れた三河国の出先の地も失い、勝頼自身も茫然自失となってしまった。

そのなかでも上杉謙信は唯一信長との戦いで引けを取らずに戦い続けた越後の雄である。しかしその謙信が急逝したのだ。勝頼はますます明日をも見えぬような暗澹たる日々が続いた。

しかし戦国の世は、そんな勝頼の心へまったく意も介さず雪解け後の笛吹川の流れのように激流となって動いていく。

越後巨星の没後、上杉家は家督争いに発展した。生涯、子をなさなかった謙信には、姉の子（養子）を景勝と名づけ、また北条氏康の七男（養子）を景虎として、二人をほぼ同等の跡継ぎ候補として扱った。

謙信は景勝を跡継ぎに指名としていた。しかし、景虎を後継者として推す家臣団を最後まで納得させせないまま、家督を正式に継がせることもできずに謙信は没してしまったのだ。果たして上杉家を真っ二つにわける跡継ぎ争いに発展する。

勝頼の妻は、先に説明したように北条氏康の六女である。勝頼は北条方の景虎を跡継ぎとして外部から介入するかたちで推した。武田・北条・上杉の三家共存を図ることで今後の対織田につなげようという発想であろう。

勝頼の介入もあって、当初は景虎勢が圧倒的に有利だった。今回の勝頼の追憶はここから始まるのだった。

月の明るい夜だった。

勝頼ら武田の軍勢は景虎の要請を受けて、越後国境付近まで進軍をしていた。名目は景虎・景勝両者の和睦調停である。しかし、実際は勝頼の介入で景勝を牽制し、さらに有利な和睦条件を引き出したい景虎の思惑があった。もちろん勝頼もそのつもりでいる。

そんな武田の陣に二人の男が近付いていた。

片方は上杉の忍びと名高い軒猿一派のものであろうか。蟻一匹も通さぬはずの陣中をたくみにくぐり抜け、いともたやすく勝頼の近習と接触する。

「突然失礼ですが武田勝頼様にお取り次ぎ願いたいのですが」

勝頼近習は、陣中にて発行する各文書《もんじょ》の整理を一人していた。機密文書も扱う作業のため、他の者は寄せ付けず人払いをしていたところに、まるで長年の同輩がさも当然に挨拶しあうような気安さで声を掛けられた。見ればいかにも忍び風情な老齢な者の傍らに齢二十ともなる若い侍がそこにいた。さきほどの声はこの若者からであるのは明白である。

非常に不気味な状況ではあるが、この若者の気勢はそれを一切感じさせなかった。何者であるか…、と訊ねても意味も無く、時間の無駄なことを近習はとっさに悟り、その場に二人を潜ませ、いそぎ勝頼の処へと走る。


「お館様……おそらく景勝方の者が……」

「なに……まことか」

近習の報告に勝頼も少し驚いた反応をする。もはや敵方である景勝側から何らかの接触があることは想定していた。だがここまで早いとは思っていなかった。

「……よし通せ」

冷静に近習に申し渡す。勝頼は梵に座っていたが立ち上って待つ。やがて一人の若侍が勝頼の前へ通された。見れば重そうな箱一つを抱えている。おそらく和睦の条件を少しでも変更するための付け届きであろう。

これは思ったよりつまらぬ使者かも知れぬ……、と勝頼は半ば辟易したが、中身次第で現状の景勝側の力量も測れるかと思い、つとめて通常とおりに対応することにする。

「勝頼だ！　其方は？」

「はい、わたくしは直江兼続！　現状は貴方様方の敵にございます」

「直江……」

直江の名は武田にも知れ渡っていた。上杉勢のなかでも文武両道に優れた家として謙信も重用していたことは有名である。勝頼は父や武田の将たちとともに多くの戦を切り抜けて来たが、ここまで敵前へ堂々と赴く不敵さを持った者と遭遇したことは稀であった。勝頼は、いま眼前にいる者がなぜそんな無謀ともとれる行動をしてまで会いに来たのか……聡い勝頼は瞬時になにかを感じる。

「ほお……、お前達は今、夢を見ていた……いいな？」

控えていた配下の者たちに申し付ける。

「はい！　眠ってしまい申し分けございません」

配下の家来衆も勝頼の意を察したようだ。

「他言無用……」

勝頼の一言を受け、七、八人の家来達は即様に立ち去った。

武田にもいる優秀な忍びの者が近くに潜んでおろうが、この者たちは影の存在である。わざわざ自らの主の不利なことはしないし、なにかあれば即対応する。

「用件を聞こう」

「ご存じの通り私の主は上杉景勝でございます」

無駄な探り合いは不要とばかりに兼続は続ける。

「主・景勝は、予《かね》てより嫁は甲斐で美しいと評判の菊姫様と決めていました」

菊姫は永禄元年（一五五八年）に信玄と油川夫人の間に五女として生まれ、勝頼にとっての異母兄妹である。つまり、いま勝頼の介入もあって敗色濃厚の景勝の手の者が、ぬけぬけと武田一門の娘を娶りたいと言っているのだ。

「ぬかせ…と言いたいところだが、わざわざ私に会いに来るのだ…何かあろう」

兼続は顔色も変えず抱えていた箱を自身の前方へ突き出す。

「開けてもよろしいですかな」

兼続に暗殺の意図がないことは承知している。そのような手段に及べばむしろ兼続の主・景勝がなおさら不利となるのは明白である。兼続の発する言葉はあくまで外交上の手続きである。この密会はもはや外交の場なのだ。

勝頼は無言でうなずき、箱は開けられる。そこにはまばゆいばかりの黄金の小判がところせましとばかりに詰まっていた。

「ほう…重そうなわけだ。しかしその程度の量、武田が喉から手が出るほどほしいとでも？」

勝頼は怒色を込め言う。確かに近年武田が所有する金鉱は減少傾向にある。対して上杉の佐渡金山にはまだ尽きることがないという報告が、越後に走らせた忍びの報告で聞き及んでいる。だが武田とて箱一つの小判を恵んでもらって喜ぶほど落ちぶれているわけではない。そんな勝頼の憤りをよそに兼続はなおも持ち札を変えずに続けた。

「いえ…これはただの一部。しかも軍資金の援助ではありませぬ」

「ではなんと？」

「これは結納金でございます」

「……結納金とな？　そもそも私はすでに北条から嫁を貰っている身だぞ？」

それゆえ景虎に与している勝頼にとって景勝方に大事な妹をやる道理がないと

言っているのである。

「いえ、それこそ御家の懸念となることでございます」

「なに?!」

「勝頼様の奥方は北条方、そして我ら上杉の次当主も北条方となると今後の対織田はどうなりますかな…」

勝頼の脳裏ですばやく各勢力の版面が広がる。甲斐信濃の武田、相模武蔵の北条、越後の上杉……、そして西方に大きく勢力を広げている織田がいる。兼続の言い分ではその形は武田上杉を対織田の尖兵とする北条ともとれる。

「むむ……」

もちろんどの勢力がどこと手を組むか容易く読めぬのが乱世の理である。一概には言えないものだが、可能性がないとは言えない。

「それに北条との盟もいずれどうなるやら……」

外交の面に関しては北条もなかなか巧みなものである。いまは対織田で協調はしているが、いつ織田と北条が組んで武田上杉を挟撃する形になるのかもわからなかった。現に駿河方面の戦いでは北条が織田麾下である徳川家と組んで対武田として反抗し続けたこともある。

「……」

瞑想のような勝頼の長考に兼続は黙って付きあった。

当主として大事な決断のときである。様々な要素ががっちりと自身が納得がいく形に嵌まるまで勝頼は模索し続ける。北条との不和によって火種も増えよう。それは武田北条の境界での領地争いにも発展し、境目に領地を持つ将たちの人死にも影響することだろう……。いまや自分は日の本の一大勢力である武田の当主。将棋の駒を操るよう冷静に的確に考えられるようにと、偉大な先代である父信玄に散々教わってきた。人は城、と言ったものの駒として扱える冷酷さを持ち合わせることも必要と言ったのも父信玄だった。そうでなくては武田の家を導く当主にはなれない、と。難しい判断をし続けることが当主としての責務なのだ。

当主としての冷酷さも備わっていると自認しているはずの勝頼には、常に違う自分が頭上あたりに幽体のように勝頼自身を見下ろし自分に恨み言を放っている。

――なんでこんな自分が武田家当主なんだ……。

本来自分は武田家の当主になる資格などなかったはずなのに…。

今後の武田家方針を定める思考がぐるぐると脳内を駆け巡ると同時に、そのもう一人の勝頼に影響されていまにも溢れ出てきそうな言葉が爆発しそうになった
――なにを考えてるのだ一体わたしは…。

はたと気づいて余計なことを考えてならぬとばかりに頭を軽く振る。ふぅーと静かに息を吐き宙空を見つめた。

『武田家を…武田家を頼むぞ勝頼……』

突然亡き兄の言葉が聞こえた気がした。父信玄より先にある事件で亡くなることになった兄・義信の言葉が…。様々な想いが胸に去来する。

また静かに息を吐いた。それからまた少しの間が流れたがやがて勝頼は目を開き兼続を見据えた。

「ふふ……」

「勝頼様？」

突然自分を見ながら小さく笑った勝頼に兼続は自分が何か粗そうでもしたのかと訝しがって訊ねる。

「いやすまぬ。失笑だ。忘れてくれ」

そうぼそっと恥ずかしげに言ったのち、膝をピシャリと叩いた。

「よし！　菊の嫁入りはまだ決まっておらぬからな」

快活に言う勝頼。それがもはや景勝勢への返答であった。

「……はっ！　では我らの方も準備を進めます」

兼続も応えて明朗快活に言う。

「兼続！　このたびの景勝殿の結納金ありがたく頂戴するぞ。なにせ妹・菊を勇猛と名高い景勝殿にふさわしい化粧をして嫁に出してやらねばならぬからの」

「はいまことに仰るとおりで。後日全ての結納金を納めさせていただきます」

ここに新たな甲越同盟が為されたのである。景虎とのではなく景勝との同盟が。あとはこの両者がどう協力しどう生き残るかの話し合いとなる。

「では勝頼にどうせよと？」

「は、この場は一時和睦と！景虎の勝ちだと引き上げて下さい」

「ふむ…安心させたところでそなたの勢力と挟撃ちにするのだな」

「ご明察……」

そのような謀略事が陣中で夜を通して為された。

翌朝方、兼続は大役の任が肩を降りたのか、揚々とした気持ちで武田の陣を去ろうとした。忍びである軒猿にはすでに密約が成功したことを知らせに走らせていた。

ただ陣を去るときにかけられた勝頼の一言が兼続は気になっていた。

「上杉景勝は良い家来を持ったな！　菊を安心して嫁がせられる」

景虎との戦をどのように始末をつけるかの話し合いでは淡々と戦略を述べる勝頼に、自身以外を寄せ付けない強固な壁と心の冷たさを感じた。しかし去り際のここだけ明らかに声の調子が違っていた。安心して妹を嫁がせられる、これだけが今回接したことができた勝頼自身の本心ではなかろうかと考えた。

「様々な主がいるものだ……」

自分の主である景勝も物静かすぎる変わり種の当主ではある。勝頼の明暗激しさを不可思議な二面性に落とし込んでいるのだろうかと勝手に納得し、越後の帰路につくのであった。

――菊……これもお前の幸せのためだ……

兼続を見送ったのちまたもや人払いして陣中に一人、勝頼は物耽ていた。

景勝との盟を結ぶかを悩んだ末に兄・義信の言葉が脳裏をよぎったあの瞬間、勝頼が武田家の行く末をどうするかを今後を一つの柱として結論づけていた。しかしその結論は武田家とその家来一同の存続よりも、武田の異母妹一人の幸せのことを優先して考えてしまっていた。一見政略結婚に利用されただけの妹と見えてしまうが、勝頼の考え方は違った。

――あの上杉景勝のもとなら、たとえ武田が滅んだとしても

お前は生き残れるだろう……

しょせん今は戦国の世である。たとえどこの家に嫁いだとしてもその家そのものが滅ぶ憂き目に遭う確率は高い。なら武田家と上杉家が他国からの影響が少ない強固な盟を結べば両者生存の確率は上がる。また片方が滅亡したとしてもきっともう片方は生き残れるだろうと勝頼は考えていた。それが今回の景勝との婚姻同盟の理由である。

――だがさすがにこれは他の者には話せんな……当主失格だ……

あのとき、兼続の会談において、このような個の幸せを考えるに至るという自分を全く当主に相応しくないものだと自虐的に笑ってしまっていた。

――もちろん、このまま武田を滅ぼしはせん。

わたしに従ってくれる家臣一同のためにも……

こうして勝頼は武田家が戦国の世で生き残れる一縷の望みを獲得すべく気持ちを新たにするのであった。

だが、結果として今回の婚姻は大きな失敗で武田家の命取りとなる。結局織田、徳川、そして北条をも敵にすることになった勝頼は数年後に天目山に追い詰められることになるのだった。

そして今回景勝へと嫁いだ菊姫もまた数奇な運命を辿ることになるのだが、それはまた後《のち》の話となる。

第三章　激戦川中島　―武田の将たち（壱）―

【永禄四年（一五六一）～】


　――いまこのときも菊は元気であろうか……

　現実逃避の一種であろうか、勝頼は越後に嫁いだ異母妹のことを想う。自身は織田軍勢に追われて逃げ、甲府盆地の東端、秩父山塊へとつながる大菩薩嶺という、もはやほぼ行き止まりの場所を目指している。そこに至るまでの日川という谷筋の道にある天目山棲雲寺、勝頼はそこを自刃の場所にと心に決めていた。

　谷底流れる川の水を飲み、勝頼一行は少し歩を止めていた。改めて見れば勝頼に従うのは五十も足らぬほどである。しかも半分近くが女子たちであった。背後には織田信忠手勢の滝川一益の隊が迫っていると聞いた。武田家当主としてはこの首を雑兵にとられるわけにはいかない。最後の尊厳を守るべくなんとしても自刃して果てなくてはならないと勝頼は思っていた。しかし勝頼も女子たちが息を絶え絶えに歩く姿を不憫にと思い、最低限の休息をとらざるを得なかった。幸いにも最後の必死の抵抗を恐れてか織田勢の追っ手も慎重に行軍をしているようだ。

「勝頼様……そろそろ出発しましょう」

土屋惣蔵昌恒が言う。信玄の代から二代にわたり仕えてくれた忠臣で、武勇に優れた将である。このような将が数多と仕え日の本に並び立つ者無しとも噂された武田家。だがいまや……。

「うむ…辛いだろうが皆も歩ませよう」

数千、数万の兵に号令を発していた武田家当主がこのような僅かな敗走者たちへの命令も躊躇することになろうとは…。

――あの者たちの武勇もいまや昔か…

いまも仕えてくれる忠臣たちをみながら、勝頼はかつての武田の将たちの戦いに想いを馳せるのだった……。

◇◆◇◆◇◆◇◆◇◆◇◆◇◆

永禄四年（一五六一）、幾度とも刃を交わした武田信玄と上杉謙信が信州川中島での四回目の戦いにてついに全面対決となる。

信玄四十一歳、勝頼十五歳のときである。元服も初陣も済ませてない勝頼は当時四郎と名乗っていた。四郎は若さ故まだ早いと出陣は認められず、このときの戦いを、のちに戦に出陣した兄義信や信玄に仕える飯富源四郎にせがんで詳細まで聞き及んだ。

この川中島の戦いは、武田二万、上杉一万三千人の動員があったと言われ、武田家が経験した戦いの中でも一段と激しかったという。


信玄は戦いの場から少し離れた小高い丘で自軍を見下げ指揮を取っていた。

歯がゆい思いで今の状況を眺めている。霧、霧、霧。深夜の川中島一帯は一寸先も見えぬほどの霧で包まれていた。初冬の寒さが身を引き締める。

「むう……」

戦いが始まる前の評定では、勘助が重臣馬場信春と共に戦法を献策した。別働隊を編成し、この別働隊に妻女山に陣取る上杉軍を攻撃させ、上杉本軍を麓の八幡原に追いやって平野部に布陣した本隊と挟撃して殲滅する作戦である。別働隊が啄木鳥の嘴となって虫の潜む木を叩き、驚いて飛び出した虫を本体が喰らう様子になぞらえ「啄木鳥戦法」と名づけられた。信玄はその策を採用する。
だが蓋を開けてみるとこの霧である。本隊を鶴翼の陣に展開して事が起きることを待つ信玄だが、一抹の不安を拭えないのも確かだ。だが強敵上杉の軍勢を一網打尽にするにはこれしかないという想いもある。

そして明け方となる。日が昇るにつれ霧が晴れていく気配を感じる。陽の光に照らされはじめた山影がうっすらと見えてくる。しかしそれと同時に武田本隊の兵たちに驚くべき光景が眼前に広がっていた。いるはずがない上杉の軍勢がなんと八幡原に陣を敷き展開しているのである。武田総勢に動揺が走る。武田の将たちは体制を整えようと必死になって檄を飛ばした。
だが上杉の軍勢はここぞとばかりに武田の軍勢に突撃する。こうして川中島の戦いはここに始まった。

まさに激戦であった。状況が不利とみた信玄の弟信繁は自らが影武者となり、上杉軍の注意を引くことを決意。

「信玄ここに在り！」

と戦場に声を響かせた。自分が信玄と名のり敵を集めたのだ。

幼いころより信繁は兄信玄が好きだった。武田がここまで人を集め甲斐が発展したのは兄のお陰……と、いつも思っていた。信繁は信玄が誇りだった。今こそその兄の恩に報いるべき……。死地に向かう信繁の決意は固かった。

やがて啄木鳥戦法が失敗したと気づいた山本勘助も、自分から敵の中に飛び込んで行った。今の状況を打開するには、策が失敗したと気づいた別働隊が急ぎ戻りきて、上杉の横を叩くしかない。それまでの時間を稼ぐためである。

結果として両名はこの戦いで命を落とす。たったひとときの間に多くの武田の者たちが死んでいった……。

若さゆえ焦った将も居た。信玄の長男義信である。

義信らの隊は武田のなかでも陣が崩れず、なんとか上杉の攻勢をしのげていた。やがてこの場は不利であると悟った対面の上杉方は退く。ここだとばかりに義信は追撃を命じる。「追ってはいけない！」と傅役である飯富虎昌は叫んだ。まだ不測な状況が続く激戦のさなかである。戦経験が少なく合戦の機微をまだ義信は感じ取れることができなかった。

結果として義信が気が付いた時には、上杉の盛り返そうとする勢いづいた敵に囲まれていた。「しまった！」と思った時にはもう遅い。義信に厳しい信玄の顔が過っては消えた。もはや自身の命は風前の灯火である。

「父上、親不孝をお許し下さい！」

馬上で義信は眼を閉じた。

ほぼ同時間、飯富源四郎（後の山縣昌景）が敵と一騎打ちの最中であった。源四郎と相対する敵将は、何処までも力、技が同格。

敵将は激戦のさなか源四郎の隊に一人で紛れ込んでしまったらしい。源四郎の隊に囲まれながら二人は馬上から降り、ひたすらに刀で打ち合っていた。

「手を出すな！　一対一の勝負だ！」

源四郎は周囲に叫んだ。その直後、上杉方の猛将は鬼小島弥太郎と名乗った。

歳は源四郎ほどだった。

「我は飯富源四郎！」

改めて双方名乗り合い、一騎打ちはいよいよ熾烈を極めようとしてた。その時である。西の方が、何やら騒がしくなってきた。やがて、ざわつきの中から、

「太郎義信様が囲まれました。太郎義信様一大事にございます！」

と悲痛な叫び声が、源四郎の耳に飛び込んだ。すると源四郎は咄嗟に敵に向って刃を捨て、その場で土下座した。

「わたくし飯富源四郎は主君武田の御曹子太郎義信様の処へ行かねばなりません」

「貴殿の見事な刃さばき、又いつの日か合まみえたいと存じます。今日はこの勝負どうぞお預け下さい」

と続けて叫んだ。よく通る声であった。目元はしっかり弥太郎を見据えた。力強い、眼力が弥太郎の心に刺さった。

「行け！」

弥太郎の一言であった。

「忝いお言葉！　貴殿は花も実もある勇士でございます」

と源四郎は叫び、馬の背に乗り後ろを顧みずそのまま駆けだした。

囲まれた義信、「もはやこれまで……」と覚悟した。その刹那、真赤な炎の様な固まりが義信にぶつかり、そくさま義信を抱きかかえた。何と、それはあの小柄な源四郎だった。源四郎が義信を浚ったのである。

義信は、一瞬の出来事で訳が分からなかった。気が付くと二人は激しい戦から離れた場にいた。

「どれくらい走ったのだろうか」

源四郎も必死だった。呼吸を落ち着かせながら今の周囲の状況を眺める。

「だいぶ走ったな！　だが九死に一生を得たぞ源四郎！　この恩、忘れぬ」

源四郎は義信の脱出成功に空を見上げて大笑いをした。義信も笑ったが涙がこみ上げて来た。

「義信様、戻りましょう！　皆まだ戦っています。お父上様に叱られますぞ」

そんな義信をなぐさめるためか、わざとらしく冗談めかして言う源四郎にも一粒だけキラリと光るものがあった。二人はお互いうなずき合って戦場へと復帰するため駆けだした。

馬を突風の様に乗り回す源四郎の神わざだった。少し離れた高台で采配を振る信玄は一部始終が見えていた。

「よくやった源四郎、天晴れなり……そして義信もよく生き延びた」

ぽつりと信玄はつぶやく。

やがて、この源四郎が、のち信玄と、義信、そして四郎（勝頼）の運命を大きく動かすことになるとはこの時点で誰も知る由もなかった。


小高い丘の松の根本に信玄は戦の状況を冷静に見ていた。信玄の近習達も武田勢への伝令のため一人、二人と戦場に赴く。あまりの激戦である。信玄と若い近習一人という状況になってしまった。

信玄はどの様な時も落着いて梵に座っていなければならない。信玄に一瞬疲れが出たその時である。遠くから蹄の音が聞こえて来た。やがて気が付くと白い馬に乗り萌黄色の頭巾を被った武将が、太刀を持って信玄に向って来た。

「お館様、立ってはいけません！」

後ろで近習の声がした。気丈にも信玄は床几に座ったまま軍配で太刀を受け止めた。敵は何度も上から顔や肩を目掛けて斬り付けて来た。やがて信玄に付いていた近習が信玄の前に出て槍で敵の馬の尻を突く。びっくりした馬は主人を乗せたまま、いななき暴れながら去って行った。先程の激突が嘘かのように、僅かな静寂な間が訪れた。

「お館様！」

「大事ない！」

若き近習が信玄の様子を窺う。信玄は肩にかすり傷を受けたが無事だった。

「其方のお陰だ！　甲斐に帰り次第、褒美に屋敷の一軒も取らそうぞ！」

そう言って豪快に笑った。

「しかし先程の敵武将は何者であろうか。あの者も見事である」

信玄は訝しんだがいまの状況では不明である。

やがて遠くで武田の勝鬨が聞こえた。明け方から始まった上杉の猛攻を武田が凌いだのだ。時間も忘れて戦っていたが、陽はすでに頭の真上近くまで昇っていた。

結局、妻女山を目指していた武田別働隊が八幡原の異常に気づいて急いでとって返したのが、運良く上杉への挟撃となったのが戦の決め手になった。上杉勢は形勢不利と悟り撤退。信繁や勘助の時間稼ぎが功を為す形で武田の辛勝となった。だがあまりに双方死傷者多数の戦であった。

それぞれの持ち場から信玄自身の元に戻ってきた将たちに白い馬に乗った敵武将は何者であるかを訊ねた。

「それほどの者、おそらく謙信でございましょう」

だれかが言った。

「そうか……あれが謙信か」

数度も相対してはいるが、実際に相まみえるのは初めてである。あいつは終生の敵になろう……。信玄は独りごちた。

戦いから数刻が過ぎた。武田勢もいまだ八幡原で負傷者の救助や死傷者数の計上など、戦いの後始末をしていた。

そんなさなか遠くから蹄の音がした。躑躅ヶ崎の館からの早馬だった。

「油川夫人、姫様ご誕生にございます。母子共にお健やかにございます」

早馬の使者が信玄に告げる。信玄側室の油川夫人が子を産んだのだ。

「おお、そうか……死ぬ者もいれば生まれる者もいる」

弟信繁と忠臣勘助の死の報告を先刻聞いたばかりの信玄は目を閉じ、世の無常さを実感した。この度の戦では武田方も多くの死者を出している。

そして多くの者に戦いの命を下したのも自分である。だが嘆くばかりではどうしようもない。ひたすら戦いに明けくれる当世で、自分は当主として一門、家来を領民を守る囲いをより強固なものにしなくてはいけないのだ。この戦いはそのための戦いでもあった。そう自身に言い聞かせた。

「わしは松の根元に座っていた。それにあやかり松姫と名付けよう」

使者はその言葉を聞き、新しく用意した馬へ飛び乗り躑躅ヶ崎方面へと駆けていった。信玄はその後ろ姿を遠い目で見つめた。

「皆の者、武田軍の勝ちぞ！　ご苦労であった甲斐へ戻ろう！」

信玄は皆に聞こえるよう言葉を発した。こうして川中島の戦いは幕を閉じた。

川中島で勇猛に戦った者、武田のために散っていった者、彼らの数々の逸話は四郎に多大な影響を与えたのだった。

この二ヶ月後、四郎は元服し諏訪四郎勝頼と名乗る。そして信玄は、武田家にとって諏訪・伊那地域を統括し、今後の美濃、三河方面への戦略を見据えた上で要衝である高遠城を正式に勝頼に任せることにした。

城代となった勝頼は、母・諏訪姫の諏訪姓を携えて、これまでの武田の猛将に負けまいと強く心に決め高遠城に入城するのだった。

なお、信玄は弟の信繁の遺体を川中島近隣の鶴巣寺に埋葬した。徳川治世の江戸期の承応三年（一六五四）、武田ゆかりの真田信之（松代藩主）が鶴巣寺を典厩寺と改める。典厩とは信繁自身の役職を唐名にしたものである。

また、信玄に仕えた信之の父真田昌幸は、自身の次男にその名を与えて真田信繁とした。武田典厩信繁の名をあやかったのだろう。

第四章　兄の叛逆　―異母兄・義信―

【永禄七年（一五六四）】

――あのときの合戦話は大いに盛り上がった……

勝頼は回想する。兄義信、そして昌景（飯富源四郎のち山縣昌景）とともに川中島の合戦を大いに語り合った懐かしい日々を思い起こす。

合戦後に元服した勝頼を躑躅ヶ崎館で祝った宴ののち、ひとまわり年配の二人が元服祝いの代わりとして合戦の細事まで語ってくれたのだ。

そんな気さくな年上の者たちも、天目山へと向かう勝頼の側にはもういない。

――なかでも兄義信は異母弟の私でさえわけへだてなく接してくれたな

勝頼自身の回帰は兄義信へと移っていった。

◇◆◇◆◇◆◇◆◇◆◇◆◇◆◇◆

勝頼の初陣は永禄五年（一五六二）の上州箕輪城攻め、齢にして十七の時。高遠城城代であった勝頼に父信玄からの陣触れ（命令）があり、意気揚々と出陣をした。川中島では出陣を留め置かれた身であるため、ここでこそという想いで武者震いが止まらなかった。

この想いのままに勝頼は出陣前に兄義信に手紙を送った。返事は早かった。上州へと抜ける前に早馬で兄からの手紙が届いた。

「武田四郎殿」ではじまる手紙は、勝頼の武勲を祈る言葉と共に、無事高遠へと戻ることを第一とすることを簡潔に述べていた。猛勇の将義信らしい手紙であった。

勝頼はこの「武田四郎殿」と書かれていることに少し照れくささがあった。武田信玄の息子で武田一門に連ねてはいるが、自分はあくまで諏訪家の跡取りとして武田に仕える身である。

信玄自身の考えた武田家の戦略的な意味合いも含めた勝頼の「諏訪」継承。勝頼はあのとき若死にした母諏訪姫のことも頭の片隅にはあり、思うことも多々ある。だが勝頼自身は諏訪の名に大変誇りを持っている。

他の者も勝頼を「諏訪殿」「諏訪四郎殿」と呼ぶ。これはたとえ武田一門の者でも勝頼を「諏訪」と呼ぶ。

だが義信だけは違った。政治的や名家云々などそういった一切のことおかまいもなしに勝頼を「武田四郎殿」といつも呼んでくれるのだ。諏訪家にいる異母弟という微妙な関係の者を、あくまで義信の弟として扱ってくれる。照れくささもあるが、勝頼にとって大変ありがたいことであった。

いずれ義信が信玄の跡を継ぎ当主となる。自分はこの当主となった兄を支え、武田をもっと発展させていくのだ、と勝頼は若武者ながらも想うのだった。先の戦いで兄を守るため自らを犠牲にした武田信繁。自身の叔父でもある信繁の川中島での戦いを聞いた勝頼はその想いを一層強くしていた。

そんな強い願いもあってか、勝頼の初陣は敵将を討ち取るという大金星を飾る。信玄もこの勝頼の活躍を大いに喜んだという。

だがあまりにも果敢すぎるその武者働きに、武田家臣から懸念する声もあがった。「将として兵を動かす采配もせず、自らの匹夫の勇にたより功名に焦っている」と。だが当の勝頼はそれらの言葉に意を介さなかった。自分はあくまで武田に仕える一家臣であって、父信玄や兄義信を武功によって扶けることだけを考えればいいのだと考えていたからだ。

勝頼はさっそく義信にも手紙を送った。またもや返事は早く、陣中にてその手紙を受け取る。そこにはいつもどおり「武田四郎殿」ではじまり、弟である勝頼を労る内容が綴ってあった。


永禄七年（一五六四）、勝頼は甲斐躑躅ヶ崎館に向け、急ぎ馬を走らせていた。

――なぜここまでの事態に……

初陣から一年後、躑躅ヶ崎館より高遠城の勝頼にある知らせが早馬によって届いた。この知らせに勝頼は驚きを隠せなかった。

「嫡男義信、叛逆」

聞き間違いかと思い聞きただす。だが早馬の使者はかぶりを振り言葉を続けた。

「当主（信玄）様からは、おって詳細を伝え、迎えもよこす。それまで高遠で待機せよ、とのお達しです」

だが勝頼はそんな信玄の言葉など聞くわけにはいかなかった。座しても仕方無しとばかりに僅かな供を連れ、高遠城を出て諏訪へ北上、その後甲斐への道を駆けていった。

——兄義信には武勇を振るう傍ら気性の激しいところもあった……

自分に対しては優しく振る舞う義信だが、ひとたび激高すれば抑えられぬ面があることを勝頼は聞いていた。それが勝頼が懸念したことであった。

——その気性が父との諍いを深めたのでは…

それならば急ぎ自分が駆けつけ両者の仲を取り持たなくてはならぬ。そういった想いが馬を駆る気持ちをあせらせた。


息も絶え絶えになった勝頼とその供はついに躑躅ヶ崎館へと到着した。甲斐の盆地が夏の暑さを際立たせ、むわっとくるような熱気が館周辺にこもっているようだった。

——とにかく……父に会って兄の釈明を……

勝頼は焦っていた。急ぎ門を潜ろうとする。

「信玄様の命《めい》を破り、それでどうなされようと？」

突然横から静かながらも脳を揺すぶる声を掛けられた。まるで鋭利な刃物を喉元にそえられたかのような寒気が勝頼を襲い、その場で立ち止まる。

横をみると、そこには先ほどの声の主である小柄な男と女性がそこにいた。小柄な男は、勝頼もよく知る飯富源四郎であった。

「事情を説明します。付いてきてください」

と女性が言う。白地に手まりの着物がよく似合う美しい女性であった。勝頼もこの女性のことを知っていた。父信玄の側室である弓である。

供は他の場所で休ませることにし、二人に案内されるまま勝頼は館のなかを進み、奥座敷へと通された。すでに座敷の用意がなされていたことといい、二人が待ち構えていたことといい、どうやら信玄も勝頼の暴走を予測していたのだろう。

「勝頼様もお考えありましょうが……」と前置きをして「まず……そうですね。僭越ながら私の素性を…」と切り出した。

――五年ほど前に父のもとに輿入れした側室では…

だが弓の話は勝頼を驚かせた。弓は信玄の側室の面を持ちながら、信玄の身辺を守るために仕える忍びでもあったのだ。客分として今川の駿河に預けられている祖父武田信虎による推挙にはじまり、いまそこにいる飯富源四郎、そしてその叔父飯富虎昌の立ち会いのもと信玄と会い、そのまま側室と忍びの二面を引き受けることになった女性が弓だった。

「むぅ……」

勝頼は唸ったが、当主という危険な立場にいる以上、そのような者を側に置くのも必要であることは即座に理解していた。

次にいままで押し黙っていた源四郎から事の説明がおこなわれる。

「昨今、駿河今川との関係、いよいよとなりました」

と源四郎は言う。飯富源四郎は川中島でも信玄のもとで活躍する猛将であり、同時に奏者（取次役）として武田の内外の事情をよく心得ている者でもあった。

「そうですか…やはりあの評定のときのことが…」

勝頼も事情はある程度心得ていた。いま武田家中で重要な課題でもある武田今川の同盟についてである。この課題は武田家臣一同に数ヶ月前から重くのしかかっていたのだ。

この頃の今川家は尾張の織田信長に領主今川義元を桶狭間で撃ち取られ権威が失墜。駿河遠江両国で覇を唱えていた頃の姿は見る影もなくなっていた。

信濃統一に注力するため、背後の守りを固める策として今川と同盟関係を結んでいた武田家だが、その盟は強い今川家が前提であった。このとき武田家による信濃統一もほぼ為され、もはやその価値は失っていたといえる。いよいよ武田家中でも同盟を疑問視する空気が漂う。あるときである。信玄が今川との関係を清算し、西方の織田と盟を結ぶことに対する議題を、勝頼も参席していた評定（会議）で切り出した。

即座に義信が猛反対した。なぜなら義信の正室義子は今川の出身で、仲睦まじいとの評判さえある。今川寄りになるのは仕方ないと言える。義信にとっては父信玄の言葉とはいえ簡単に従えるものではない。義信の反論からはじまり、評定はこの議題の賛否両論で家臣団は分かれることになる。信玄はその家臣団が白熱していく様を想定の範囲内とばかりに押し黙りひとり眺めていた。結局評定は義信をはじめとした少数の家臣が今川を擁護してるのを浮き彫りにするだけであった。もとより天秤は完全に同盟破談へと傾いていたのだ。信玄の掌の上であったのだろう。

「信義に悖《もと》る！」

いよいよ我慢ならぬとばかりに気性の激しい義信が当主信玄に対して公然と言い放った。これには評定に列席の家臣たちも一様にざわつく。義信の傅役である飯富虎昌が慌てて義信を窘《たしな》め、信玄にとりなす。信玄は何事もなかったかのように、

「構わぬ…義信の想いも当然である」

まるで幼子に優しく教え諭す言い方は、むしろ義信を刺激しさらに義信の顔を強ばらせる。しかし義信も、

「感情に身を任せ心にもないことを言ってしまいました……。お詫びします」

と当主の信玄に平伏して詫びてみせた。とにかくその場は武田家の方針が定まったことになる。評定は解散という流れになった。ただ評定に参席していた誰もがまだ一悶着あると確信していた。

勝頼には、怒鬼の様相を無理に隠すようにして信玄に詫びる義信の顔が頭から

離れなかった。自分も二人の間をとりもつよう一言申すべきだったのでは……、と高遠城に戻ってもずっとそのことが頭がもたれていた。だが信玄と義信、武田家現当主と次当主である二人の間に諏訪の者は入るわけにはいかぬ、という負い目が若い自分のなかにあった。


「あれから義信様は何度も信玄様と話し合われました」

と源四郎。結局平行線を辿っていたようだ。

「私はその後、念のためにと義信様の動向を探っていました」

続けて弓が言う。

「そして虎昌様配下の屋敷にも忍び込み、叛逆の兆しともいえる証拠を見つけました…」

勝頼はハッとした。考えてみれば当然である。もし兄義信がなにか事を起こすなら傅役である虎昌が動く。勝頼は虎昌の甥である源四郎の顔を見た。殺気のような静かな怒りを常に身を帯びている在り様が見てとれた。

「そして私は源四郎様に相談をし、義信様が兵を集結させ事を起こす直前で義信様らを捕らえたのです」
※この飯富源四郎と弓の二人が義信叛逆を防ぐ話は拙著『信玄 最後の側室』〔新風舎〕、『甲斐の猛将 山縣昌景』〔まつやま書房〕で記したのでここでは割愛する。
「なんということを……」

勝頼は源四郎と弓を責めているのではない。次当主義信を幽閉し、信玄が信頼していた武田重臣飯富虎昌が捕らえられるこの事態に対して思わず嘆いたのだった。

「で、では源四郎殿…、貴方の叔父上は……」

思わず出た言葉に勝頼は「しまった」と瞬時に後悔する。当事者と縁ある者に対して無体な一言であった。一拍おいて源四郎は、

「叔父のことです。義信様の責を一人背負う覚悟でありましょう」

と淡々と言う。源四郎の覚悟も感じた勝頼はそれ以上何も言えなかった。二人の間に重苦しい空気が流れる。そこに弓が勝頼に告げる。

「勝頼様はしばらく躑躅ヶ崎館に滞在せよ、と信玄様は仰っております。この事態です。おそばにてお父上をお助けしてください…」

義信は東光寺に幽閉。幽閉された部屋の四辺には格子が組まれ、常に三人の見張りに一挙一動を監視されることになる。また、自らを叛逆の首謀者と主張する虎昌も牢に入れられていた。

勝頼をはじめとした多くの武田家臣が、助命嘆願を信玄に申し出た。だが信玄は頑なにそれを拒否。そして家臣たちも実はわかっていた。これぱかりは無理であろうと。

少しの月日が流れ、夏から秋へと季節は移っていく。勝頼に、飯富虎昌自刃す、という報告が入る。現実が突きつけられる形であった。

それでも勝頼は助命嘆願を続けた。

そしてもう一つの現実が勝頼に突きつけられる。勝頼に織田信長の姪との縁組みが持ち上がったのだ。今川との同盟を破談させ、織田との盟を結ぶことを具体的に進めようというのだ。実はこの動きは義信が激怒したあの評定以前から信玄の手によって進められていたことを勝頼はあとで知った。義信の焦りに似た信玄への怒りは、このことも知ってのことだったのかもしれない。

当時美濃への侵攻を本格的に開始した織田信長にとって、美濃東方の木曽・伊那を領した武田信玄と手を組みたいのはやまやまであろう。ゆくゆくは武田勢西上侵攻の阻止にもなる。

武田側にとっても当然利がある。なにより信玄はこの勝頼の縁組みによって、義信を完全なかたちで廃嫡し、新たな跡継ぎを内外に知らしめようとしたのだ。新たな跡継ぎ、それこそ勝頼であった。勝頼は複雑な想いでその縁組みを承諾することになる。

ただ勝頼自身の立場は名実共に跡継ぎとは言えなかった。もとより信玄には、義信のほかに正妻の子が二人ほどいた。だが次男竜芳は盲目であったため出家、三男信之は十一歳の若さで亡くなっている。信玄も辛い体験をしてきたのだ。

また勝頼には、武田家代々当主の名に付けられる「信」という通字がなく、諏訪家の「頼」が付けられている。武田も跡継ぎ候補である勝頼を微妙な立ち位置にし続けてしまっていた。

事件より一年と半年ほどが経った。助命嘆願が功を為したのか為さなかったのか。義信はいまだ幽閉中の身ではあるが、生きながらえていた。

一方、勝頼は高遠城の政務と、跡継ぎとしての実務の両面をこなすため、躑躅ヶ崎館と高遠城を行き来することに日々追いやられていた。

勝頼が躑躅ヶ崎館にて一人書物を読んでいたとき、突然弓が訊ねてきた。父の側室としてではない雰囲気を帯びた顔つきだったため、勝頼は忍びとしての側面をもたせた話であろうことを即座に理解した。

「……義信様があなた様にご面会されたいとのことです」

勝頼はぎょっとした顔で弓の顔をみる。真剣な顔である。もちろん間違っても冗談で言えることではない。当主へ叛逆し幽閉中の元跡継ぎが現跡継ぎに会うことを希望する。これは大変危うい行為である。

「父は存じているのでしょうか？」

「……」

勝頼の問いに弓は沈黙で答えた。そのような質問などせずとも勝頼は答えはわかっていた。側室であり父手飼いの忍びである弓がこの話しをもってきたのだ。信玄も認めている密会ということだろう。だがこれは弓からも「当主裁可」とは口が裂けても言えぬ非公認の事案である。

勝頼はしばしの無言を経て、

「わかりました…そのようにご手配を」

と弓に告げた。弓は少し悲しい目をしてコクリとうなずき足早に去っていった。

「義信様が……」

勝頼になんとも言えぬ困惑な感情が頭を渦巻いた。義信の今後の境遇はもはやわかりきっていた。

義信の幽閉期間もそう長くはないだろう。反信玄を掲げる一派がまだいるかもしれない。そしてそれらが義信を奪取し担ぎ上げようとする可能性もある。そうなれば武田はまた二つに割れる危機に面してしまう。源四郎ら飯富兄弟の悲壮な決意が灰燼に帰す、そのようなことには決して陥ってはならない。

それなら信玄としてどう決断するか。おそらく義信自刃……である。勝頼もそうせざるを得ないと結論に至るが、頭ではその考えに拒否反応を起こす。なにせ頭の中には異母弟である自分ですら優しく接してくれた兄の顔や手紙のやりとりがいくつでも浮かんできてしまうからだ。

そしてそれゆえにこの度の申し出には勝頼も戸惑いを隠せない。跡継ぎ嫡男としての地位も失われ、ゆくゆくは父によって自刃に追い込まれると自身にもわかりきっている義信が、自分に何を話すつもりなのか。まさか新しく跡継ぎとなってしまった勝頼に恨み言を浴びせるつもりだろうか。

また兄の顔が頭に浮かぶ。その顔が、優しかったあの兄の顔が、あの評定のときにみせた鬼のような形相に転変するのを見たくない。勝頼はただそう思った。

数日後、弓に密かに案内され、勝頼は躑躅ヶ崎館から東方にある東光寺を訪れていた。

冬の真っ只なかにあり、盆地の寒さはいよいよ厳しさを増していた。そんな冷たい透明な膜が寺の周囲をかぶせたように、ひたすらに身を縮まらせる。

「こちらです」

東光寺一室の襖が開けられようとしていた。そのわずか数瞬で勝頼の心の音がけたたましく鳴っていくのを感じた。

「よく来てくれた四郎殿！」

なんとも活発な声であった。見ると広い座敷の中央に義信が座していた。

「義信様……」

多少は痩せていたが旧来と変わらぬ義信の様子に、勝頼もいつもの義信への呼び方を変えることができなかった。

「座ってくれ四郎殿。普段は座敷牢にいる身だが、今日は特別にこのような待遇とさせてもらっている。ありがたいことだ」

と手招きする。勝頼は警戒もなにもせず対面に座った。

「では…これにて」

と案内役を終えて去ろうとする弓に義信が声を掛ける。

「弓殿この度の件、感謝する……父を頼んだぞ」

弓は言葉をかえさず深々と辞儀をし座敷を退去した。広い座敷には勝頼と義信のみとなった。

「義信様……何故…」

なにの何故なのか、勝頼自身も真意がつきかねない言葉を発してしまった。そんな戸惑う勝頼に助け船をだすような形で義信は勝頼の言葉を遮った。

「色々と語る前にまず一言ある」

「は……」

「私は父信玄を恨んでおらぬ」

「え……？」

　思わず勝頼は驚嘆の声を上げる。そんな姿に義信は少し笑い気味に言う。

「全く恨んでないとは言えぬがな。だが父は当主として正しい判断をした。そう思う」

「で、ではなぜ今川と組まれようと……」

　義信が今川勢を抱えて信玄に叛逆を為そうとしたことを勝頼は言っている。

「私は私で、次期当主として正しいと思う指針を武田の者たちに示そうとした」

　合点がいかぬ、という顔で勝頼は黙った。義信は続ける。

「父は今川との盟を切り織田と手を結ぶなど武田の信義が地に落ちる。私は今でもそう思っている。武田が駿河の地を獲ろうなどと……」

　静かに訥々と勝頼に語るが、これは同意を求めての話し方ではないと勝頼は感じた。

「だが、この戦乱の世だ。家臣を、領民を、武田を守るため、そう行動せざるを得ないことも仕方ないとつくづく感じる」

義信の声は穏やかであった。勝頼はその幼子に言い聞かせるような優しい声色に、義信が自分に対して当主としての心構えを教示しているのだと悟った。

「武田の当主は常に決断することで認められなくてはならない」

「決断…ですか」

「ああ……誰もが安寧に暮らせる時代でないからこそ、何かを切り捨て、どこに進もうとするのかの決断を、人々はただ一人の当主に委ねることになる」

戦国時代は少ない資源を奪い合う世の中でもあった。特に当時の甲府盆地は水田に適した僅かな低地ですら、釜無川と笛吹川という二つの暴れ川が濁流で呑み込んでしまう厳しい地域であった。そしてその僅かな土地を獲得するため、甲斐の国人同士で凄惨な争いが常におこなわれていた。祖父信虎と父信玄はこの甲斐という国をまとめるため、血を吐くような想いで成し遂げてきたのだ。

勝頼はそのことを幼少より聞かされていたのでよく知っていた。信玄の施策によって甲斐国内の暴れ川を治めるべく巨大な堤を今も造り続けていることも。これにより幾分か甲斐の土地も安定に向かい始めていた。

　信濃も多少は違えども似た風土である。誰かが道を選ばなくては、小規模な争いが尽きない。

「そして武田の者たちも、過酷な決断を当主に委ねる代替として武田の当主に忠義を尽くしてくれるのだ。この武田の土地に住む自分たちの次の代へとつながっていくことを考えてな」

　勝頼の脳裏に、川中島で果敢に戦い死んでいった者たちのことが浮かんだ。信玄の決断によって死した彼らではあるが、同時に自身の子たちを生かすために彼らの強い忠義があるのだ。

「武田という巨大な生物のような組織を動かすのは当主の最終的な決断だ。父はそれを長年苦心し続けてきた。そして今回、私は今川と歩もうと考えたが、父はそれを良しとしない決断をし、武田の者、そして天命が父の方を選んだ。それだけなのだ」

「……はい」

　勝頼はか細い声で相づちをうつ。

「しかしながら私は激情に身を任せ、多くの者を巻き込んだ…虎昌、源四郎をはじめ、武田の者に詫びても詫びきれぬことをした。それだけは相応の償いを自身でとらねばならぬ」

「……………」

「だからその前に、将来武田家を背負うことになったお前にだけ伝えておきたかった」

「……ご教授ありがとうございます。勝頼決してこのこと忘れませぬ」

「うむ……」

義信は満足げにうなずく。

「ところで四郎殿は織田の嫁を娶ったと聞いたが」

「はい……おりゑと申します」

織田家との縁組みは、勝頼の意思とは別に順調に進められた。この義信との密会の少し前の永禄八年（一五六五）十一月、躑躅ヶ﨑館で婚儀が盛大におこなわれた。おりゑは織田信長の姪であり、また幼いときに信長養女として迎えられ、本当の娘のように可愛がられたという。織田の姫君の甲斐への輿入れに、街道の人々はその煌びやかさに目を奪われたと言われている。

勝頼はおりゑのそんな輿入れの様子を義信に語った。

「そうか……、では四郎殿も嫁を娶り、いよいよひとかどの将だな」

屈託のない兄としての顔で義信は勝頼の婚礼を遅ればせながら祝った。今川との盟を切り、織田との婚姻を結んだ。勝頼にとってはそれが義信への負い目を感じていたが、先程の発言と同様に本人はまったく意を介してない態度をしてくれることに心の底から感謝をした。

「これで名実ともに武田四郎勝頼というわけだ」

「……っ」

勝頼はこの兄の言葉に一瞬泣き崩れそうになるが堪えた。そんな勝頼をよそに義信は突然平伏した。

「その武田四郎勝頼殿に伏してお願いがあります」

兄義信のかしこまった態度に勝頼も戸惑う。

「半ばでこのような事態となった私に替わり、勝頼殿の手で何卒武田家を導いてくださりませ」

このとき勝頼はこの儀式めいた義信の真意を悟り、義信に対して平伏して返答をする。

「かしこまりました……」

二人だけの引き継ぎの儀が僅かな時で厳かにおこなわれた。武田の家臣からでもなく、父信玄からでもなく、兄義信から引き継がれた武田家への責務を勝頼は受け取った。

双方頭をあげ、義信が懇願するかのように言う。

「武田を…、家の存続を…、家臣たちを、頼む」

――武田という家を守るということは、まったく……

そんな想いを抱きながら勝頼はただうなずく。

暫し二人の間を沈黙が支配した。そして口を開いたのは義信だった。

「すまぬなぁ四郎殿……」

その一言に勝頼ははっとして義信の顔を覗く。武田の跡継ぎとして様々な悩みに疲れ切った顔、自身の行く末の恐怖にあらがおうとする顔、優しかった兄の面子を保とうとする顔、そして当主の責を背負わせてしまうことになる弟へただひたすらにわびる顔。全てが複雑に絡んで内包した顔がそこにあった。

「兄……上……」

勝頼の頬に一筋の涙が流れた。

そののち、義信が自害したとの報告が勝頼のもとに届いた。勝頼は「そうか……」と一言つぶやくのみであった。義信自死については、甲陽軍鑑にも「お腹を召された」とあるが真相はわからない。

義信死去後、勝頼自身は信玄の命によって躑躅ヶ崎館へと居を移した。

第五章　武田の西上作戦、そして…　─父・信玄─

【弘治二年（一五五六）〜天正元年（一五七三）】

──思えば兄義信は純粋すぎたのかもしれない……

だがそのまっすぐなところを慕う家臣たちも多かった。傳役飯富虎昌をはじめとした武田譜代たちも嫡男であった義信を盛り立てようとしていた。それと比べて兄義信に代わって嫡男となった自分はどうだったか…、と武田家を滅亡へと導いた自分をまたもや深く責めてしまう勝頼。

義信の自刃後、跡継ぎとして活動することになった勝頼に、武田家臣たちは微妙に距離を取る形となる。もともとは南信濃の諏訪周辺を担う者として諏訪家跡取りに信玄が置いたのが勝頼である。家臣にとっても、一門であり跡継ぎ候補でありながらも自分らと同じ武田の一家臣という立場であった「諏訪」勝頼が跡継ぎとなることは、複雑な想いがあったのかもしれない。勝頼にとっても、武田歴代の通字である「信」という一字が名に付けられていないことが一種の負い目であった。双方によるこの亀裂は結局長年にわたり解決することはなかった。

仮に義信が信玄に反目せず、その後武田家当主を引き継いでいたらどうなっていただろうか。武田譜代の家臣たちとも円滑な関係を築き、いまより良い方向に導いていたのかもしれない…、と勝頼は思う。が、それもまた義信にとっても困難な道を辿ったであろうと、勝頼自身、己の経験から思うに至った。

――なにより、父信玄が偉大でありすぎた…

英雄たる者の二代目の苦悩は、自身の人生で嫌というほど味わった。思わず苦笑してしまう勝頼。先代の造り上げた功績を守れるか、またその功績を上回ることができるか。勝頼自身の当主としての道はひたすらにそれに追われ続ける形となっていた。

やはり武田信玄は稀代の戦国大名であった。勝頼の祖父である武田信虎も甲斐統一を目指し、国内で争い続けた国人衆をまとめあげた事績がある。そして信虎から半ば強引な形でありながら信玄が当主の座を継ぎ、信濃、西上州、駿河、武蔵といった各方へとじわじわと勢力を伸ばし、結果的に甲斐武田を飛躍させた。

そんな信玄のあとを必死に追い抜こうとした勝頼だったが、結果としてどうだ。信玄勝頼父子二代で拡大させた勢力図はすべて織田信長の手によって灰塵と化そうとしている。
　勝頼は傍らで共に歩く息子信勝をチラリと見る。齢十六の信勝は他の者と比べまだ余力があるようだが、慣れぬ山道の決死行は辛いと見えた。
「父上は祖父信玄公と遜色ない当主です」
　かつてその信勝が勝頼に言ったことがある。本来なら父信玄から勝頼へと受け継がれたように、名跡武田家を継ぎがせることになっていたこの息子を、いまや自分の手で死地に追いやっているのだ。
――果たして父とも比べて、当主として以前に父として
　自分は良き者であったのだろうか
　天目山への険しい道を重い足取りで歩く勝頼の眼前に、当主という面を持つ信玄と父としての面を持つ信玄の双方の顔を浮かんだのだった。

◇◆◇◆◇◆◇◆◇◆◇◆◇◆◇◆

　弘治二年（一五五六）、まだ齢十の幼い勝頼（当時は四郎）は、躑躅ヶ崎館の傅

役阿部勝宝の屋敷に預けられ、武芸、書の読み書きを学ぶ日々を過ごしていた。四郎は四郎には預けられる直前に起きた母の受難が脳裏に深く焼き付いていた。四郎はそのことを払拭するかのように必死に学んでいた。

生まれ故郷と母と強制的に別れさせた寂しさもあったが、同年代である子たちとも過ごせることができたおかげで実りある日々を過ごせたと言っても良いだろう。特に武田の知恵袋とも言われる真田幸隆の三男真田源五郎（のちの昌幸）、土屋平八郎（のちの土屋昌続）らとは親交深く、後年、彼らは大いに勝頼を助けることになる。

そんなある日のことである。父である信玄が四郎にお目通りすることになる。四郎がどのように育っているか確かめたいのであろう。

「四郎様、こちらに」

阿部勝宝によって案内され、躑躅ヶ崎館の主郭奥座敷へと通された。武田一門である四郎も安易に入れないところである。

「ではこちらでお待ちくださいませ」

阿部勝宝は深く辞儀をして座敷から去った。四郎が取り残された形でひたすら静寂な奥座敷に一人佇んでいた。やがて奥の方から人の気配がし、襖が開けられた。

「おお四郎。わずかな間であったがまた大きくなったようだな」

開口一番、父信玄は闊達に四郎へ声掛け、上座に腰を下ろす。

「阿部から聞き及んだが、周囲を驚かすほど文武両道に励んでいるそうだな」

「い、いえまだまだでございます……」

「そうかしこまらんでもよい。四郎はまだ子どもではないか」

そういって袖に忍ばせていた茶包みを取り出し、四郎に差し出した。

「珍しい菓子じゃ。甘いぞ」

せっかくなので四郎は遠慮なくその菓子を食べ、その甘さに喜んだ。信玄は四郎のその姿をうれしそうに眺める。

それからは他愛もない雑談が続いた。弓の鍛練のこと、また馬の遠乗りで眺めた景色、四郎が話す内容に信玄はうれしそうにうなずき相づちをうった。また逆に自身の合戦話を信玄の口で語ってくれた。つられて四郎は最近学んだ兵法のことでささやかな質問をし、信玄はそれにやさしく答えた。

「まったく名残惜しいが……」

それから半刻（一時間）ほどが過ぎようとしていた。信玄は残念そうに話を切り上げることにした。

「いえ……ご多忙のおりお目通りいただきありがとうございました」

四郎も答えた。信玄はそんな歳に似つかわしくない丁寧な挨拶ができる四郎を見てうれしくもあり、すこし複雑でもあった。

「うむ……四郎、息災でな」

機嫌良く信玄は立ち上がり、奥座敷を去ろうとした。

――またしばらく父と会えなくなるのか……

父とこうやって話せたことに興奮気味だった四郎に、その父の背中姿から一抹の寂しさが急に襲う。この感情の乱高下に幼い四郎は抑制がつかなくなり、つい言ってはいけない言葉を口に出してしまう。

「母は……！」

背中越しに父に問うた。信玄がぴたりと立ち止まる。四郎にとっても何を問いたいのかわかってなかった。信玄にとって母諏訪姫とは何だったのか、なぜ母は死なねばならなかったのか、自分は生まれ故郷を離れ、なぜここで暮らしているのか。いままで四郎が隠してきた感情がそこに凝縮していた。

「四郎、励めよ……」

四郎の問いに信玄は答えず、そう一言放ったのちそのまま去った。機嫌を悪くしたのではなく、つとめて感情を廃したわけでもない。そんな今までの声色と違った信玄の声と信玄が立ち去る襖の音とともに、自身の心のなにかが封じられてしまう心地がした。

義信叛逆後の武田家にめまぐるしい変化が起きていた。

義信叛逆のあった同永禄七年（一五六四）、上杉謙信率いる越後勢に対して五回目の川中島の戦いがおこなわれた。結局は双方の睨み合いで終わったのだが、天文十二年（一五五三）にはじまり永禄七年までの十二年にわたる信玄・謙信の両雄がまみえる合戦は一旦終止符が打たれた。これ以降、武田・上杉は北信濃での直接衝突を避けることになる。それに伴い武田勢は北信濃から東と南の方を睨む。

まず永禄八年（一五六五）、武田勢は西上州（群馬県西部）への侵攻を強めた。箕輪城を中心に長年一帯を支配していた長野氏の勢力を攻め、一気に落城までもっていく。武田勢の武蔵（関東）進出の楔を打つことになる。

破竹の勢いとなり日の本に武名を広げていた武田だが、信玄は一種の焦りも感じていた。永禄十年（一五六七）、同盟者の織田信長は美濃の斎藤龍興が在する稲葉山城を陥す。これにより美濃を拠点とした織田家は、さらなる西方、つまり京上洛への足場を固めた形となった。この織田の動きに、同じく上洛を望んでいた信玄は自身の地理的不利を強く感じていたのだ。長い戦乱で荒廃した京であろうとも、帝と室町足利将軍がいる花の都である。つまりここを抑えることが天下に覇を唱える必須条件でも合った。少なくとも信玄はそう思っていた。

その焦りとは別に信玄に懸念する材料がまだあった。義信叛逆後、信玄の体力は目に見えて衰えていった。熱と咳が続く信玄は、自分には余り時間が無いと悟り、京への上洛準備を水面下で始める。

余談だが、このころ、信玄は多くの甲斐国内の温泉場の保護を勧めていた。主に川浦温泉（山梨県旧三富村）、下部温泉（同県旧下部町）、奈良田温泉（同県早川町）が有名である。信玄の健康問題解決を兼ねてのことだったのだろう。

そしてなによりの懸念材料は跡継ぎ問題である。嫡男として勝頼を置いたがいいが、やはりあくまで「諏訪」の勝頼であった。この措置がいずれ武田に暗雲をもたらすことは明白である。義信廃嫡をはじめとする跡継ぎ問題は自分が招いたことではあるが、信玄は心身共に憔悴していくのであった。そんな父の憔悴していく様子を勝頼自身は忸怩たる想いでみることしかできなかった。

そんな信玄に朗報が訪れる。勝頼と織田家からの嫁おりゑとの間に男子が高遠城で産まれたのだ。この知らせを受けた信玄は早速使者を送り、その子に「武田武王丸信勝」と名付ける。武田家代々の当主の通字「信」と勝頼の「勝」である。武田一門から「諏訪」の者としてしまった勝頼の血脈が、この孫信勝によって再び武田のもとへ戻ってきたのだ。

「いずれこの孫が武田家の名跡を正当な形で継いでくれる」

信玄は大いに喜んだ。

だが「第二章　勝頼の結婚」で語ったように、そんな信玄の喜びをよそに、出産の際に待望の孫自身と嫁おりゑに悲劇が訪れ、勝頼に暗い影を落としていたことを信玄は知らなかった。

永禄十一年（一五六八）、武田家の動きはついに甲斐南方の駿河へと遠征に至る。まず遠征の前に信玄は、織田を仲介にして三河を拠点としていた徳川と約定を交わした。もはや戦国大名として成立していない今川の領地をお互いで山分けしようという誓約である。駿河側を武田が、遠江側を徳川が切り取る形だ。特に憂いがなくなった信玄はその冬、駿河へと侵攻をはじめた。

——それにしても父の戦略眼の深謀よ……

と信玄と共に駿河を攻めたてている勝頼は思った。

戦国大名として駿河、遠江、三河の東海道を支配下に治めていた今川義元。跡継ぎの氏真が暗愚であろうと、いまだ駿河の今川勢は強敵のはずである。だが蓋を開けてみればどうであろうか。今川譜代の家臣たちが悉く対武田の戦線を離脱していったのだ。駿河における今川勢力はもはや瓦解していたと言っていい。おそらくこれは信玄の調略の結果であろう。

あまりにも容易い駿河侵攻に、勝頼の脳裏に今川との盟を頑なに守ろうとした兄義信のことが浮かぶ。だが今この場でそれは良くないことだと努めて考えないようにした。

結果としてこの駿河遠征は小田原の北条に阻害される。武田は今川・北条との三国同盟を結んでいたが、武田・今川が破談し、双方の争いに北条が介入するのは理にもかなっていた。これに武田は一時甲斐へ撤退する形となる。今川勢の保護という名目で北条の兵が駿河各所に駐屯することになり、結局は北条支配下となってしまった。

だが、信玄の反撃は速かった。翌永禄十二年（一五六九）には、西上州から武蔵へと深く南下し、鉢形城（埼玉県寄居町）、滝山城（東京都八王子）などをはじめとした北条主要の城をひたすらに攻め上げた。この武蔵進出には勝頼ももちろん参陣しており、各地でその勇猛さを振るったと言われている。北条の本土すら脅かすこの武田の攻めに北条方も駿河に駐屯させていた兵をたまらず引き上げる。北条は今川を見捨てることとなった。

　これによってもはや空白地に近い形となった駿河を武田は再び侵攻を始める。いまだ抵抗はあったものの、多勢に無勢。勝頼も花沢城（静岡県焼津市）を攻め入り、十四日の籠城戦を経てこれを落城させる。これら武田家臣の活躍もあってついに駿河占領となる。

　また情勢が変わる。北条も武田と争うのに利が無いことに悟り、改めて武田と和議を結んだ。甲相同盟である。西上州は完全に武田の領土とされ、北条の人質を武田に差し出すというほぼ武田にとって有利な条件であった。これにより信玄は上洛への西上作戦にあたっての後顧の憂いがなくなったと言える。越後の上杉方も北陸方面への平定に注力しており、信濃へと攻める気配を見せていない。

　勝頼の嫁であり織田家からの同盟の証でもあったおりゑが元亀二年（一五七一）に死去。まだ関係を維持したい両家は、以前から同盟強化を視野に入れて話があった信長嫡男である信忠と信玄の娘の松姫の婚姻を推し進めようとする。だが双方の思惑からはずれこの婚姻はご破算となる。両家の境目となっていた美濃国恵那郡の名族でありおりゑの実家でもあった遠山家の家督相続問題を端に発し、両家の関係に暗雲が立ちこめてきたからだ。そして織田の破竹の快進撃に恐れをなした諸大名が織田包囲網を形成することとなったが決め手となった。室町将軍足利義昭が諸大名に出した信長追討令に信玄もこれに乗ることとなる。武田織田の同盟はここに破談となった。

そして元亀三年（一五七二）十月一日、いよいよ武田軍は信玄の指揮のもと三万人の兵が西上する作戦を実行した。

食糧、物資、人材…全ての調達を終えるのに莫大な時間と財力を必要とした武田勢の総力作戦である。むろん、只一直線に京へ向かうのではない。途上の徳川家康、織田信長を撃破しながらの進軍を想定していた。

武田勢はまず江尻城（静岡県静岡市）の城主であった山縣昌景に先手の大将として五千人を引き連れさせた。山縣昌景は飯富源四郎の義信叛逆を事前に防いだ功績をもとに信玄が源四郎に改めさせた名である。信虎の代に断絶していた山縣氏《うじ》の名跡を与えた。これは叛逆首謀者の一人となっている叔父飯富虎昌と同じ氏では肩身が狭いだろうという信玄の配慮でもあった。その山縣昌景が同年九月二十九日に甲斐から出発し、一足先に三河を攻めている。

他にも秋山信友も同時に甲斐を出発している。二組とも甲斐から伊那の地まで道を同じくして、昌景は徳川勢を三河の北側から攻め、信友は織田勢の東美濃に侵入した。

勝頼も参陣した信玄本隊は十月三日に二万二千の兵力を率いて甲府を出発、青崩峠から徳川領の遠江を攻めた。

駿河に続きここでも武田勢の進軍は各地を呑み込んでいく。それに対し、家康は本拠地浜松城（静岡県浜松市）で籠城を決め込む。自身の領土を見捨てられる形になる消極策に徳川勢の国人も動揺したが、家康はすでに自らが出陣し、武田勢に一言坂で敗れている。趨勢は決まったとばかりに多くの国人たちが武田に降伏していった。しかし、家康の籠城策は遠征軍となる武田軍勢にとって非常に有効的であった。

「力攻め、で良いでしょうか」

信玄の体調を常に気遣っていた勝頼は、少しでも遠征期間を減らしたいと焦っていた。

「浜松の城は要害であり、城に籠もる徳川勢もいまだ気力は満ちている。とはいえ、時間もかけられぬな」

と信玄は答えた。勝頼の心配はよそに、信玄には次に相対することになる織田信長を見据えていなければならない。消耗戦は避けたいところである。

そこで信玄も大胆な博打を打つ。家康が在する浜松城を無視して進軍を始め、家康たちに背後をみせたのである。家康もこれには散々逡巡したのだろう。だが、これ以上自身の権威が失墜することは戦国大名としての死を意味していた。意を決して捲土重来のため出陣をする。武田軍を追う徳川。いよいよ徳川が攻めようとした矢先、三方ヶ原の地で家康は絶望の光景を目の当たりにする。すでに信玄の布陣は徳川勢を包囲するように展開していたのである。

「さすがは父上の策……」

勝頼は捨て鉢となって攻めてくる徳川勢を迎え撃とうとしながら唸った。時機、地の利、全ては信玄の盤上で描かれていたのである。

戦いはまさに蹂躙の一言につきた。野戦となった両軍の正面衝突という形ではあったが、すでに陣を展開し待ち構えていた武田側のほうが圧倒的に有利で、徳川の武将たちは散々に打ち破られた。

そのなかでも布陣の右翼前方側に展開していた山縣昌景隊と徳川勢の激突は激しかった。徳川勢にとってもここが死地とばかりに注力したのだろう。後方二陣目の勝頼隊も助け船とばかりにこれに介入、家康の旗本隊を一気に崩し、徳川の名のある将の首を多く乱取りした。

終わってみれば、武田の死者は数十程度、徳川は千人以上の死者を数える大勝利であった。

――これが武田の強さか……

戦の興奮冷めやらぬ勝頼は天を仰ぎながら改めて思った。

――はたして自分はこの無類の強さを誇る武田の兵たちを

ここまで動かすことができるのだろうか……

勝ちどきを上げる武田の兵たちとはよそに、勝利の余韻とは真逆の冷たい心地を勝頼は感じていた。

もはや浜松の残存兵に反撃する余力無しと見た信玄は、三方原の戦いの翌年となる元亀四年（一五七三）はじめ、三河への侵攻をさらに進める。

信玄と共に勝頼ら武田の将は東三河の要衝である野田城（愛知県新城市）を囲んだ。ここでも徳川勢の守備兵は僅かながらも、天然の堀で形成されたこの山城でよく戦っていた。浜松と違い遠征の疲れもでてきた武田の兵を思い憚ったのか、信玄も兵の損傷を避けたかったのであろう。少し時間をかけて攻め落とすことにした。

そんな籠城戦の最中である。夜な夜な遠くから、まるで人々の心を慰めるかの様に、静かに笛の音が聞こえてくる。その美しい音に、三河の徳川勢も武田勢も、誰もがこの時刻になると耳を澄ませて待っているかのようであった。音色が発するのは野田城からであった。

「今宵も笛の音が……」

明日の攻城への手回しをして武田陣中をあれこれ見回っていた勝頼だが、思わずこの笛の音色に深く耳を傾けていた。聞けば本陣にいる信玄も毎晩聞き入っているそうだ。

――父もすでに五十を過ぎ、持病である結核の辛さもあるのだろうか最近は妙に無情なものを追い求めるきらいがある勝頼は心配をした。それと共に心洗われるような音色が遠征に疲れた勝頼の感情を揺さぶっていく。

勝頼自身の感情の反芻は、幼少期からの己の半生を思い起こさせ、そしてそれはくすぶった確執を表面出させるのだった。

母諏訪姫の死、そして親しかった兄義信の自刃……。母の諏訪家を継ぐはずだった自分がいつのまにか武田を継ぐことになっている。そして兄を救えなかった自分、兄を救わず自刃に追い込んだ父。兄義信は父信玄を恨まぬと言った。だがその言葉を勝頼自身はしっかり呑み込めたのだろうか。

今川との盟を切り兄を自刃に追い込んでまで、妻おりゑを迎えて盟を結んだ織田家。しかし今はその織田家とも敵対関係となっている。関係を維持するため、そして武田家の跡継ぎを擁立させるため、正妻に偽ってまで妻おりゑの実子とすることにしたわが子信勝。結果としてその偽りはおりゑに見透かされ、おりゑ自身の精神を追い込んでしまった。

勝頼自身もどうであろうか。武田次期当主として擁立されながらも、武田重臣からは冷たい目で見られ、その正統性は自分にはない。

武田という巨大な組織の、そして父信玄によって振り回され続ける自分はいったい何者なのであろうか。母も兄も自分も、すべて武田信玄の手によって人生を歪められてしまったのではないか。

——自分は疲れているのだ……

笛の音ひとつで高熱をおびて見る悪夢のように感情がふつふつと沸くことに勝頼自身は驚いていた。だがこれはよくないと感じ、今宵は少しでも疲れをとるため一時休息しようとした時である。「バン!」と短く鉄砲の音が、静かな月夜の古城に響き渡った。音は信玄自身がいる本陣の方向であった。勝頼は急ぎ向かう。

「誰か! お館様が!」と近習らしき者が叫んでいる。

「昌景殿!」

勝頼が本陣に到着すると、昌景に抱えられぐったりとしている信玄がいた。

「申し訳ありません! 銃弾が放たれ、お館様の肩を……」

どうやら野田城から銃弾が放たれ、狙われた信玄を昌景が身を挺して守ったようである。

「長い板を持て、お館様を横にして静かにお運びするのだ」

勝頼と昌景は冷静に周囲に指示を出した。そして敵味方に聞こえるように「お館様は無事だ」と大きな声で叫んだ。

板の上に信玄を横たえさせたが、確かに肩の傷が見えるのみで身体のどこにも支障はないようだ。だが、「ううう…」とも「あああ…」とも呻り続ける信玄。眼が異常であった。信玄は昏睡に陥った。


信玄が撃たれ数日が過ぎた。武田は野田城を落城させたが、当主の一大事である。一度甲斐への道へと引き返していた。あれから信玄と言葉を交わせた者は誰もいない。

高熱が続き掠り傷とは言え右肩の激痛が容赦なく信玄を襲っていた。三河田口の福田寺（愛知県北設楽郡設楽町）で信玄は意識不明に陥る。武田勢も付近に陣を敷くことを余儀なくされた。まだ寒さが残る春の雨が武田の兵たちに冷たく降り注いでいた。

さらに数日が経過し、信玄が小康状態となり意識を取り戻す。それでも息も絶え絶えであった。

「……筆を用意するのだ」

その場にいた勝頼と昌景に告げる信玄。昌景は信玄の眼からなにかを察したようだ。信玄に代わり近習に申し付ける。

勝頼も信玄の意を察した。これはおそらく意識がしっかりしているうちに遺書をしたためるつもりだと。

やがて近習の者が筆と紙を持ってきた。昌景は信玄の身を起させ背中を支えた。手が絶えず震える状態で信玄は筆を走らせた。

長い時がかかった。信玄は『余の死を三年間秘めて三年の内に武田の態勢を整えよ。又上杉家と和睦せよ！』と書いた。

――死に瀕してまで武田のことを……

必死の形相で筆をしたためる信玄はまさに武田を統べる武田信玄の顔であった。これが当主のあるべき姿なのか、と勝頼は身が震えた。

書き終えた信玄が勝頼の方に顔を向ける。

「……信勝…成人になるまで…勝頼を後見人とし……信勝に武田を継がせよ」

「えっ!?」

思わず勝頼は聞き返してしまう。昌景も驚いた様子であった。

──父武田信玄は自分を武田当主として認めてくれぬのか！

勝頼に衝撃が走った。父兄のために武田のために戦おうと思う自分はあくまで武田の一将に過ぎないのか…。寂寞な想いをしつつ信玄の顔を見据える。信玄も半ば虚脱状態ではあるが、勝頼の目を見つめていた。

だがそこには当主としてでなく、父としてのまなざしがあった。

──父は……父の意図は違うところにある
勝頼にはその意図がつかめなかった。勝頼がなにか言おうとしたが、信玄の意識はまた途絶えたのだった。


その後も信玄の容体は一向に改善に向かわず、甲斐へと移送することはかなわぬと判断した勝頼は、家臣たちと軍議を開き、
一、数人乗れる大きな駕籠を用意し信玄を横に寝かせて進む事

一、甲斐から医者と女性を呼び寄せる事
一、京に進んでいると見せて、甲斐に引き返す事
と決めた。

決定的な理由は、やはり信玄の吃驚させるほどの喀血だった。一行は甲斐から届く大きな駕籠と、早馬で来るであろう医師と世話役の側室たちを待った。喀血した病人の食事や細かい事が男衆には分からない。到着を誰もが首を長くして待った。しかたなく昌景の手配で、現地にいた女性一人を世話役として、信玄の看病にあたらせた。その間、俄かに動きの止まった武田を不気味と捉えたか、他勢力も特に動きを見せなかった。

数日が過ぎ、信玄に少しの回復の兆しが見える。世話役の女性の必死の看病もあったのだろうか。

やがてやっとの事で側室である千代と弓が甲斐より到着した。二人は見事に剃髪し僧衣を纏っていた。武田の男たちは驚いた。美しい黒髪の側室たちが剃髪したのである。信玄も国元から到着した愛しい二人の声に気づき気力が湧いたのか、僅かに血色がよくなったように見えた。これに安心した勝頼と昌景は、まず

は甲斐に向かって武田の軍勢を出発させることにした。

あのときの言葉については、果たして本人に聞くべきなのか、これは信玄から自分への課題では無いか。そのような考えもあり勝頼は信玄に真意を聞くことができなかった。

朝から雨だった。相変わらず止まない雨の中、僧衣を纏った弓と千代は、交代で駕籠に乗り合わせた。弓は信玄の好きな餅に蜂蜜を付けて（今の信玄餅）用意したが、まだまだ口に入る状態ではなかった。だが、たどたどしくではあるがなんとか聞き取れるほどの言葉を発せられるぐらいに奇跡的な回復をしていた。武田の男たちも信玄の世話を千代と弓に任せ、家来とともに行程に危険がないかを探るため馬を走らせつつ甲斐への帰路を往くのだった。


一行がようやく信濃国駒場（長野県阿南町辺り）を通り過ぎて少し経った時であった。

勝頼のもとに伝令が訪れ、「お館様ご危篤」と一言耳打ちをした。勝頼は急ぎ信玄らがいる駕籠のもとへと駆けつける。

駕籠は休止していた。周囲には行軍中の休憩であると下知しているのだろう。兵たちは駕籠から離れて休みをとっている。

「父上……ご命令により勝頼参上しました」

つとめて冷静にふるまいながら駕籠の中を覗く。そしてそこにはすでに事切れている信玄を抱きかかえる側室の弓がいた。

「さきほど身罷られました……」

と弓。

「最期まで京への上洛を…武田のことを…そして勝頼様のことをつぶやいておられました」

静かに微笑みながら愛おしい者を抱く弓。

「そう…ですか……」

声にも出せない心の動揺。それとは別に今後の武田をどうするかを思案する冷静な自身の幽体が、父の死に戸惑う自分の頭上から見下ろしている心地がした。

天正元年（一五七三年）四月十二日、外の雨はまだまだ続くらしい。

高天神城

高天神城は、静岡県掛川の城である。小規模ながらも堅固な山城で、山の形から別名鶴舞城ともいわれる。武田、徳川で攻防戦を繰り広げた決戦場として有名であるが、今川の重要な城でもあった。

天正元年（一五七三年）春、本文にあるように、信玄が甲府へ帰陣する途中信濃の駒馬で死亡した。

そののち五月ごろには、信玄の死亡を探る目的もあったのか、織田信長・徳川家康の連合軍がさっそく勝頼に戦を仕掛け三河奪還を狙う。

対する勝頼も、徳川の拠点となっていた高天神城攻略の一手として、重臣馬場信春を派遣、北東方に諏訪原城の築城を始める。

続いて天正二年（一五七四）五月、ついに勝頼は高天神城攻略に出陣。高天神城主だった小笠原は家康に救援を求めるが、武田別働隊の動きを恐れた家康も総動員ができず、結局徳川は一万ほどの兵であった。そして二万五千の武田と相対する。第一次高天神城の戦いと言われるこの戦は、結果的に武田の圧倒的勝利に終わり、一カ月ほどで落城となる。

また家康は織田信長にも援軍を求めていたが、当時信長は京の賀茂祭に出席しており、織田勢の主力も駆けつけることができなかった。救援が不義に終わった結果、東海における武田の武名は広がり、織田徳川の権威は落ちてしまったと言われる。

高天神城は、信玄も落せなかった城である。家康は信玄が生きていると肝が冷えたに違いない。

「甲陽軍鑑」によれば、勝頼はこの勝利で増長し、従来の重臣の言う事を聞かなくなった、と示されている。

果たして、若き当主勝頼はこの高天神城攻略の成功体験をどう捉えていたのか。

武田家は、次の大戦・設楽原の戦い（長篠）へ赴くことになる。

第六章　死地・設楽原の血闘　―武田の将たち（弐）―

【天正三年（一五七五）】

――父の遺言の真意を自分は全て読み取れたのだろうか

いよいよ織田の追っ手がせまってきているようだ。後方を見張る者が織田の兵の姿を崖下に目撃できたという。勝頼は思案を一時やめる。いよいよ最期を迎えなくてはならない。

――最後まであらがえ

誰かの言葉が脳裏に浮かぶ。あれは設楽原の戦いのときに言われた言葉であったか。

「いざとなれば私が刻を稼ぎましょう」

最後まで勝頼に仕えてくれた土屋惣蔵昌恒が進言する。雑兵などに討ち取られる辱めを受けず自刃して果てられる時間を、昌恒自身が稼ぐと言っているのだ。

土屋は武田二十四将の一人土屋昌続の実弟である。昌続は設楽原の戦いで戦死し、昌恒が土屋氏を継いだ。その後、勝頼が赴く戦いのほとんどに従軍し大いに勝頼を扶けた。悲壮な状況での進言ではあるが、その進言をした忠臣昌恒の顔は満面の笑みを浮かべていた。忠義に尽くす最期を迎えることを見据えた者の顔だ。

武田の将たちは、死地に自身が向かうという強い決意をしたときにこのような顔をする。勝頼はそう考えた。そして武田の将たちの生き様を思い起こすのだった。

◇◆◇◆◇◆◇◆◇◆◇◆◇◆

天正三年（一五七五）、武田家全体に大きな喪失感を与えた信玄の死から二年が経過していた。

子信勝の陣代というかたちながらも武田家新当主となった勝頼。それに加え信玄の死は未だ秘しており、公的には勝頼は当主ではなかったといえる。そのためか信玄が没する直前まで懸念していた勝頼と武田家旧臣たちとの隔たりは簡単に拭うことができなかった。それに対して勝頼はただ淡々と実力を周囲に認めさせることに邁進していく。信玄の死による西上作戦の一時的撤退をうけて東海支配の縮小を余儀なくされるかと思えた武田の勢いだが、勝頼は他勢力への侵攻を強くし、相手側を寄せつけぬ姿勢をとる。以降織田徳川から二十近くの主要な城を奪取していた。そのため、武田の領土は信玄生存の時よりわずかに支配を広げ、武田歴代で最大版図を築いていた。

たしかにこの勝頼の采配には武田家の旧臣たちも認めざるをえない。「諏訪の小倅が」と裏で小突いていた声も徐々に無くなっていた。武田家も古くからの家臣団にも世代交代がみえはじめ、勝頼を慕う若い者たちが役職につきはじめる。総じて旧臣たちが苦言を呈することも減ってきたようだった。勝頼自身もこの新しい武田となっていく今の動きに確実な手応えを感じていた。信玄という偉大な当主の喪失で悲嘆に暮れると予測された武田家は、他勢力の思惑をよそに順風満帆だったといえる。

だが武田家中の聡い者たちにはこの武田家の膨張する動きに危惧を抱いていた者もなかにはいた。あまりにも現状の武田家は焦りすぎていると。

一方、敵対する織田家も同じくしてより支配域を拡大させていた。室町将軍足利義昭によって発せられた信長包囲網は、義昭に同調した信玄の死で瓦解することになる。武田家の西上作戦撤退の報を受けた信長は、早速北近江の浅井氏、越前の朝倉氏を撃退。この両氏も信長包囲網に加わっていた大名である。そして京にいる将軍義昭を追放し、自身を天下人とする。これより織田信長は統一事業へと乗り出すのである。

もちろんこの信長の動きは諸勢力のさらなる反発を招いた。近畿の敵対残存勢力、一向一揆の門徒を抱える本願寺などは打倒信長を掲げており、四方八方に油断ならぬ敵が居る。そんな敵まみれの信長の頭を一番悩ませている勢力こそが甲斐信濃東海を手中に収めている武田であった。

拡大し続ける両者は常に隣同士で接していたが、一進一退を繰り返すかたちで版図に大きな変化をもたらさなかった。いずれかを壊滅的に打倒しなくてはならない。双方の思惑は奇しくも一致していた。その思惑は東三河、信濃、遠江各国からの道が重なる要衝長篠の地で激突することになる。

天正三年（一五七五）、勝頼は武田氏より離反し徳川氏についた奥平氏を討つため、奥平居城長篠城（愛知県新城市長篠）に攻め寄せる。多勢に無勢ながら奥平は善戦し、勝頼も長篠城攻略に手間取ることとなった。奥平も使者をなんとか包囲網から抜けさせ、徳川に救援を申し込み、徳川もまた織田へと加勢を依頼した。信玄の西上作戦の時とは違い信長もついに腰を上げる。

同年五月、織田徳川連合約三万人、そして城攻めをおこなっていた武田勢約一万五千人、長篠城近くの設楽原にて両者が相対することとなった。

長篠・設楽原の戦い（長篠の戦い）の前夜、武田の軍勢は徳川勢を落とすべく大通寺付近に陣を敷いてた。勝頼は武田の重臣たちを集め軍評定を開いた。

「このたびの戦、我らにとって死地となるやもしれませぬ」

開口一番に馬場信春が言う。信虎より武田三代に仕えてきた重鎮中の重鎮である信春の言葉である。他の重臣たちがざわめいた。勝頼はその様子を静かに見守った。勝頼もこの戦いが、想像以上に武田不利であると睨んでいた。

次に同じく武田家重臣であり、信玄の懐刀でもあった山縣昌景が合戦場の状況を克明に話す。

「信長めは資金が潤沢なのをいいことに、敵陣が在する丘にかなりの柵を設けている模様です」

そう切り出し昌景は自身で集めた情報をもとに考えを述べた。織田勢は、武田が得意とする騎馬突撃の対策として鉄砲隊と馬除けのための柵を構築しているようだ。それも野戦における急ごしらえの防護柵という規模ではない。まるでそこに古くから城があったかのようである。しかも低い丘陵地とそこに数本も走る小川という地形を巧みに利用している。丘の高みによって見えぬさらなる奥には柵が二重にも三重にも同じように張られていることだろう。

「まったく！　信長も大名ではなく商売人をやればよかったものを」

と一通り説明してから昌景は大きく笑う。莫大な財力を持つからこそ可能な人海戦術がなせる技である。今の武田にはできない。いや日の本のどこを見回してもこの戦法をとれる勢力などないだろう。ごくり…と歴戦の強者である重臣ですら唾を呑み込んだようだ。織田信長のすさまじさを目の当たりにしたのである。

だが勝頼は違っていた。いや勝頼自身も信長の軍事的動きがここまで前代未聞とは思ってはいなかった。しかし、だからこそいま信長と相まみえなくてはならぬと勝頼はもとより覚悟をしていたのだ。資金、技術、情報、現状で全てが織田が上回っている。いまを逃すとさらに戦力差が一方的になるばかりである。

「信長は…」

列席の重臣たちが見守るなか勝頼は重々しく口をあけた。

「この戦いで我ら武田を殲滅するつもりであろう……」

一堂押し黙って勝頼の次の言葉を待った。

「だがそれは我ら武田とて同様である」

いま織田を徹底的に壊滅状態まで追い込まなくては、どちらにしろ武田は滅びの道しかない。重臣たちもそれはわかっていた。武田の戦力もここが頂点であった。もはや敵無しといえた武田の無類の強さは、織田勢以上に日の本に知れ渡っている。だからこそいまここで勝敗を決すべきなのだと。ここが分水嶺である。

「重臣の方々にお願いする。死地に飛び込み活路を見出していただきたい」

と皆に丁寧に告げた。半ば無理な頼みであることは勝頼も承知だった。その勝頼の言葉にまっさきに応えたのは土屋平八郎昌続であった。

「ならば信長めの首を、この土屋が獲ってみせましょう」

と気炎をあげて宣言する。勝頼とほぼ同世代であり、共に武芸を学んだ昌続もこのころには一角の武将として名を馳せており、その武名は山縣昌景にも劣らずの勢いであった。その者の言葉に、重臣たちも威勢よく言い放つ。

「おうさ！　甲斐武田の恐ろしさ、織田どもに見せつけてやりましょうぞ」

――すまぬ…武田の者たちよ…

重臣たちが活気づくのを見ながら、勝頼は思った。負けるために戦おうとはしていない。もちろん勝ち筋が見えてるからこそ挑むのである。だが何人の者が戦死するのか。いまここに列席している重臣ですらどうなるやもわからぬと勝頼はわかっていた。だが明日の武田を拾うための戦いである。武田家現当主として過酷な命令をも武田の者たちに出さなければならない。勝頼は父信玄がいかに心身を削りながら、武田の者たちと共に戦ってきたかを今更ながらに強く想った。

「信春殿、昌景殿…よろしいか」

多くの重臣たちが息巻くなか、とりわけ冷静に座していた両名に勝頼はあらためて尋ねた。

「勝頼様が当主なのです。どうぞご下知を」

馬場信春が答える。昌景もこくりとうなずく。

ここに至り川中島、三方原などの激戦を生き抜いてきた武田の旧臣たちと真の関係をはじめて築けたと、勝頼は感じるのだった。そして死に追いやろうとしていることも。だが強大な織田相手とはいえ、この者たちを安易に死なせはしない。武田の総結集をもって相手に向かうのだと。

堅く決意をしたその顔はまさに武田家当主であった。勝頼は重臣たちに自身の采配を伝えるのだった。


設楽原の戦いは何時《なんどき》に始まったか。織田徳川連合で徳川重臣である酒井忠次が別働隊を率いて、武田勢背後の長篠城包囲の要であった鳶ケ巣山砦を目指し、夜のうちから戦場を大きく迂回し後方より強襲したのが始まりだろうか。信長もこれで武田の退路を断つつもりだったのだろう。

だがこれも勝頼は読み筋だったのかもしれない。武田のほぼ全軍は、あえて織田徳川勢のさらなる眼前へと迫った。手を伸ばせば届きそうなほどの危険な距離である。一の柵を守る織田徳川勢の兵が武田の素早い展開に動揺してることが手に取るようにわかる。一瞬の間ながら両軍に極度の緊張が走った。そしてその張り詰めた糸のような空気は、赤く染まった一群、赤備えの山縣昌景隊の先駆けによって崩された。

法螺貝が鳴り響いた。山縣昌景隊を先頭にして、馬場信春隊が、内藤昌豊隊が、真田信綱・昌輝隊が、原昌胤隊が、土屋昌続隊が、戦場の左右それぞれで織田徳川勢をおびやかした。

設置された馬防柵や、無数の槍衾にも、鉄砲の射撃にも、武田の兵たちは物動じず果敢に攻めた。これが噂に聞いた武田の恐ろしさか！とばかりに織田徳川の兵たちも恐慌状態に陥る。

「怖気づくな！　例え死んでも信玄公に会いに行くだけだ。手土産は信長の首だ！」

先陣を駆る昌景は部下たちに吠える。この昌景の咆吼が敵味方に効果をもたらした。味方は奮い立ち、敵は虫を散らしたかのように逃げる者も現れる。

「行くぞ！　次は二の柵だ！」

ここぞとばかりに敵陣の奥地へと切り込んでいく。武田の兵たちはひとつの鏃《やじり》のような形状となり、織田徳川の陣を真ん中から切り裂かんばかりの勢いで進んでいった。

昌景に続き、武田の他重臣の各隊も織田徳川の守りを確実に切り崩していった。多少の犠牲はあるが、想定よりはるかに少ない。

「遅きに失した信長め！　勝頼様の読み勝ちよ！」

織田徳川の兵は士気は落ち、馬防のための柵などもはや絹を裂くかのように蹴散らせる。突撃に加わった武田の将たちは確信した。

「かかれ！」

その時である……。

ズババババンン。耳元で強い雷鳴がしたかのような音に武田の陣後方にいた勝頼は驚く。まるで四方十里に聞こえんとばかりの轟音であった。

――これは、鉄砲の……しかもなんと大量の！

先程まで、我が武田は優勢なり、と伝令を聞いた直後の突然の出来事に勝頼は戸惑ったが、そくさまその脳裏は状況を把握しようと考えを巡らす。

――なんてことだ！　信長は死中に活を求める我らの覚悟すら策にしていたか！

勝頼は信長の本当の恐ろしさを知らなかった自分を恥じた。勝頼の決意以上に、信長は自身の勝利のために何もかも犠牲にして勝つつもりなのだ。一の柵、二の柵は、武田のより深く陣中に招き入れるための餌であった。鏃となっていた武田の主要の隊は左右に敵兵を散らし、そして織田信長の本陣を目前としていた。だがそれはあくまで信長の策であった。敵兵は士気を失い左右に散っただけではなかった。信長の本陣が蓋をするかたちで武田の三方を囲っていたのだ。そしてそこに苛烈なる一斉射撃である。

「～～～……！」

勝頼は喉がカラカラになり声も出せなかった。そしてまた雷鳴のような射撃音が響く。さきほどの一斉射撃で生き残った武田の兵たちを更に殲滅させるための無慈悲な音である。

聡い勝頼だからこそ戦いの行く末が、どうあがいても絶望だと真っ先に悟ることとなる。だが自分は武田当主である。自分の感情とは別の、頭上にいる常に冷静沈着なもう一人の自分がすばやく必要な決断をしなくてはならない。いままでもそうしてきたはずだ。だがさすがの事態に勝頼の思考は停止に近い形となる。

「山縣昌景様、討ち死に！」

その声に勝頼は一瞬よろめいた。見れば山縣隊の一人志村又右衛門が赤備えの鎧をさらに血で真っ赤に染めた姿で立っていた。そして旗で包んだであろうものを差し出した。山縣昌景の首であった。

「織田勢めの射撃を喰らいながらも昌景様はなお信長を討つべく進んでいかれました……」

その死をも恐れぬ振る舞い、お見事であったと志村は涙ながらに述べる。そして壮絶な最期を遂げた主の首を敵に獲られまいと、自ら首を討ち取り、包みを背負ってこの武田本陣までやっとの思いで戻ってきたのだという。

「……そうか…わたしはお主らを誇りに思う…」

なんとしてでも昌景の首を甲斐に連れてかえってくれと勝頼は告げて志村を後方に下がらせた。

脳裏に昌景の姿が思い浮かぶ。父をそして自分をも大いに扶けてくれた昌景のこの死を無駄にするわけにはいかぬ。だがいくら経とうが考えがまとまらない。

「ここはお引きなされ」

突然の土屋昌続の言葉に勝頼はハっとして現実へと戻る。土屋の傍らには馬場信春もいた。土屋隊と馬場隊の両隊は、織田徳川の陣中に食い込んでいた武田鏃の後方に位置し、そのため比較的被害が軽く、一線をさがることができた。そして態勢を整えるべく本陣へ帰参していた。

「甲斐へ戻り武田を立て直すことが肝要かと」

馬場信春も昌続と同じ意見という顔である。そして信春は殿《しんがり》は自分が務めると勝頼に進言した。戦場では士気を失い敗退する敵軍をさらに壊滅せんと追撃するのが定石である。殿《しんがり》はその被害を抑えるため最後尾にて追撃する敵を迎え撃つ役割を担う。もちろんこのような大戦の敗退で、恐慌状態に陥っている軍の最後尾を守らんとすることはつまり捨て石そのものである。生きて帰ろうと思わず、自身をすでに死人《しびと》と定めている者でしかできない。

勝頼は馬場の顔を伺った。六十を越え皺が顔一面に深くはえた老臣の眼差しは決して折れぬ表情をしていた。

「立て直す？　こうなってしまったらもう武田は……どうすれば良いかもわからぬのだ」

勝頼はそう言うしかなかった。そんな勝頼に対し、信春は具申した。

「確かにこれからの武田の道は混迷極まる過酷な道と相成りましょう」

信玄よりも年輩者であった信春は子や孫に教え諭すような口調で勝頼に言う。

「なればこそ最後の最後まで諦めぬ事こそ大事かと思います」

「あらがえ……と」

勝頼の問いに信春は苦笑して答える。

「信長の侵略に対抗する術はもうないと言えるでしょう。だが信虎公、信玄公が築き上げてきた武田領の人々はまだ活きています。その者たちを次の代へと繋げる道を模索し、そして勝頼様自身がお導き続けてくだされ」

勝頼は絶句した。

「老臣の無理難題の頼みなれどどうか……」

「……あいわかった。武田の忠臣たる馬場信春の進言ありがたく承ろう……」

「ではご下知を」

信春は改めて当主勝頼に決断を促した。勝頼は深く一呼吸したのち告げる。

「武田の次代のために、馬場・土屋両名出陣せよ」

「はっ」

二人は満面の笑みで答えた。


長篠・設楽原の戦い。早朝に始まり約四刻（八時間）が過ぎて陽が頭上へ昇りきった頃に終えたこの戦いは結果として織田徳川連合の大勝であった。

武田勢の死者は一万を超えると言われる。甚大な被害である。なにより武田の有能な将たちが数多にこの戦いで戦死している。合戦が劣勢とわかってもなお武田の将たちは力強く抵抗をし続けたという。そのなかには土屋昌続もいた。

また敗退する勝頼を討つべしと追撃してくる織田徳川勢に対して、殿《しんがり》を務めた老臣馬場信春が僅か数百の兵でこれを撃破。それでも止まぬ追撃の手に寡兵がたたり、自身も討ち取られてしまう。

そして、これら武田の将の働きが功を為したのか、勝頼は危うく難を逃れ甲斐へと戻る。

一方、織田徳川勢の被害も軽いものでは無かった。詳細は不明だが死者六千人とも言われている。圧倒的と思われる織田信長側であるが、案外紙一重の大勝利だったのかもしれない。

この戦いに勝利した信長は、いよいよ天下統一の覇業を成し遂げるべく各方面の攻略に拍車をかけるのだった。


話は勝頼退却前に少し戻る。退却の指示を近習に伝える勝頼の後方で馬場信春、土屋昌続の二人が出陣前の談義をしていた。

「昌続……おぬしはどうする」

信春は昌続に尋ねる。

「信長めの首を獲ると宣言した手前、私は再度信長の陣に挑もうと思います」

「ハハ…そうか、それも充分な時間稼ぎになろう」

「信春様も、私が死してのちの殿《しんがり》づとめよろしくお願いします」

二人のやりとりがそれとなく耳に入る。

――すまぬ。信春、昌続……

二人の決意を目の当たりにして、改めて勝頼は心の底から詫びた。そしてこの武田の者たちの忠義と勇猛さが誇り高くも感じた。これが武田代々で培われてきた者たちの姿なのだと。

「そのままでお聞き下され勝頼様」

出発しようとする二人は最後に勝頼に大きく声をかけた。

「あらがう道を進むことを決断された貴方様は真の当主となられたのです。ここからですぞ」

信春の言葉に、勝頼は信玄が遺した言葉の真意の一端をのぞいた心地がした。

そして昌続も続けざまに叫ぶ。この言葉も勝頼の脳裏に焼き付くのだった。

「勝頼様！　ご立派な道を進まれることをあの世で祈っています！」

◇◆◇◆◇◆◇◆◇◆◇◆◇◆◇◆

天目山の勝頼一行のわずかな刻をかせぐべく、土屋昌恒がついに一騎で飛び出した。

「昌恒！」

その果敢な姿にかつての昌続の姿がだぶって見える。

「勝頼様！　ご立派な最期を遂げられることを祈っています！」

そう言い放ち山道を駆け下りていく昌恒。兄弟で同じ言葉を……、と勝頼は感極まる想いだった。そしてこの忠義に武田の当主として答えなくてはならない。

「お前たち兄弟が家臣であったこと、この勝頼、果報に思うぞ！」

昌恒の背中に向けて叫んだ。昌恒は振り向かず片腕をあげてやがて見えなくなっていた。

いまの言葉は武田の者全てに伝えたい言葉であった。武田勝頼は忠臣に囲まれ果報者であったと。

第七章　天目山　―継室・北条夫人―

【天正三年（一五七五）～天正十年（一五八二）】

「貴方様は何事も物深く考えすぎではないでしょうか？」

うやうやしい婚礼の儀式も落ち着き、勝頼の後添えとなった北条の娘と二人っきりの時間がもてた時、この齢十四という若い娘が勝頼に向かって初めて口を開いたと思えばこのような言葉を出した。

なんだ突然、この娘は……。と勝頼は率直に思った。だが不思議と怒りが沸いてこない。勝頼自身がそのような気質だと自覚していたこともあるが、夫となった男にほぼ初対面ながらもずけずけと言える気性の良さが妙に小気味良かった。

「そ、そうかもしれんな…」

娘の年齢の一回り以上歳を重ねた三十一の勝頼が少し戸惑いながら答えた。

「そうでしょうそうでしょう」

と娘はからからと笑う。勝頼が今までに会ったことのない女性である。だがこの夫婦の関係は案外上手くいきそうだ、と勝頼は内心安堵したのだった。

天正三年（一五七五）の長篠・設楽原での大敗後、勝頼は打ちのめされている時間など一刻もなかった。勝頼がまず着手したのが大打撃を受けた軍の再編成である。武田領として支配を確実にしている甲斐・信濃・西上州の三国で兵を幅広く集めた。また先の大戦で最も手痛かったのが武田家譜代の将たちが軒並み戦死したことである。武田の兵はある程度は数は揃えられたが、兵を指揮する将が圧倒的に少ない。そこで勝頼は新しく軍法を発布する。才覚ある者、軍功優れた者であれば家格を問わず召し抱え、重用することとしたのだ。

これはある意味、織田のやり方に似ている。戦場の用兵はすでに大きく変質していたことを肌に感じた勝頼だからこそ、強敵信長の体制を徹底的に取り入れ近代的な軍編成を目指していた。壊滅的な打撃を受けた直後だからこそ可能なことである。勝頼は急いだ。

そして天正四年（一五七六）春、甲斐躑躅ヶ崎館から北東に四里ほど離れた恵林寺（山梨県甲州市）で父信玄公の葬儀が行われた。もちろん喪主は勝頼であり、葬儀を仕切るのは恵林寺の僧快川《かいせん》和尚であった。またこれにより秘していた信玄の死が正式に公にされることになった。だが信玄の死は諸勢力や武田家中でも半ば公然となってはいたため、葬儀は信玄の死を広めるのとは別の意味へ重きを置いていた。葬儀では先の大戦で戦死した将兵たちの遺族も多く列席していた。彼ら戦死者を弔う意味もあったのだろう。新たに採り入れた新将たちも葬儀の列に加わっていた。そして信玄の遺言として武田の新当主となることが約束された武田信勝も当然勝頼の側に控えていた。つまりこの葬儀は、新たな武田が一丸とならんとすることを表明する大事な儀式でもあった。

――戦死した武田の者たちよ……私は最後まであらがってみせるぞ

そして父上…私はこの者たちを守るため、恥を忍びあらがってみせます

勝頼は強く祈った。その深く祈る姿を幼さ残る信勝はじっと見つめていた。

新生武田の勢力は粘り強かった。大敗後徳川に切り取られた駿河の支配領を勝

頼は再び奪取する。むしろ三河・遠江の徳川領をおびやかす勢いであった。勝頼の再編成が功を為したと言える。

だが勝頼は安心できなかった。なにしろ徳川の背後に控えるはあの織田信長である。織田の軍編成を模倣したからこそ、織田の最新鋭技術を柔軟に素早く採り入れる強さがより如実に感じられた。

——まだだ、まだ足りぬ……

信長の恐ろしさを目の辺りにしている勝頼は、これでも今の武田では織田勢に抵抗できぬ、とひたすらに頭をひねり、活路を模索する。

そして次に着手したのは、織田と対峙していくために背後の不安を取り払う外交手段であった。甲斐武田領の東方でもはや関東一円を支配するほどになっていた北条、ここと結ばねばならぬ。

これには勝頼の徳川領奪取した動きが功を為した。北条方も、未だ武田の勢力侮りがたしと評価を改めていた。これを機とばかりに、勝頼はさらなる強固な関係を築こうと北条へ打診した。つまり婚姻による強固な同盟を求めた。

そして話は意外と万事順調に進んでいく。天正五年（一五七七）一月、北条一門の娘が勝頼と婚儀を結ぶことになる。正室おりゑと元亀二年（一五七一）に死別して以来、正式な継室をとらなかった勝頼が後添えをもらうのだ。武田家中も甲斐の領民も晴れやかな婚儀に大いに沸いた。なにより北条と手を取り合うことがしっかりと具体性を帯びたことに、老臣高坂弾正昌信も「長篠以来、初めて安堵した。今夜は安眠できる」と『甲陽軍鑑』に記すほど武田にとっての朗報であったのだろう。

この武田に輿入れした若き娘は、関東の雄・北条氏康の六女で、現当主北条氏政の妹でもある。母は同じく北条の重臣松田憲秀の娘であり、その出自は特等以上といっても良い。武田北条の同盟が盤石であることの証左でもあった。

そんな政治的背景とは別に、この勝頼とこの北条夫人の仲は睦まじかったという。婚儀ののち諏訪大社の落成式にも勝頼と共に出席している。いまでいう新婚旅行の赴きがあったのかもしれない。

当主として常になにかに心追われる日々を過ごすことになる勝頼にとって安寧をもたらせてくれる女性が北条夫人であった。相模小田原という広大な海が見据えられる地から、周囲一帯すべて軒並み山々の甲斐躑躅ケ崎という地へ自然環境が激変するところへと輿入れしたにもかかわらず、北条夫人はあっけらかんと「この山に囲まれた甲斐の土地が好きです」と勝頼に言った。

　また正妻の子信勝との仲も悪くはなかった。信勝の年齢的に姉弟に近い関係であったが、信勝をまっすぐな青年へと育てようとしていた。そんな北条夫人に勝頼も深く愛情を注いでいった。

　父信玄の葬儀を執り行った高僧快川和尚も、「善人と居るは芝蘭の室に入るがごとし」と夫人と会してそう評した。「芝蘭」という香り漂う花のごとく周囲の人々を心安らかにしてくれるという意味であろう。

　この北条夫人の影響は、武田家中にも及んでいった。いまだ設楽原の戦いの傷が癒えぬ武田の人々の絆は、彼女を中心にしてより強固なものとなっていた。また武蔵・相模との交易もこのたびの婚儀をさかいに活発化しだす。甲斐は賑わった。武田は再び動き始めたのだ。いまだ織田の脅威に備える厳しい日々ではあったが、勝頼には身体中から活力がみなぎる想いで過ごすこととなった。

　しかし、時代の趨勢が武田を安楽な道へと往くことを許さなかった。天正六年（一五七八）、越後の猛将上杉謙信が急逝したのである。

この謙信急逝後の跡継ぎ争い「御館の乱」については本書第二章ですでに述べた。結果として勝頼は、跡継ぎ候補で北条からの養子であった上杉景虎を裏切ることになる。この決断は当主勝頼にとって誤りであった。もう一人の跡継ぎ候補上杉景勝が当主となり、景虎は自害、良好であった北条と険悪となり冷戦に近い関係となってしまう。これもすでに述べたが、勝頼の決断は、景勝のもとへ娶らせることとした異母妹菊姫をより安全な上杉勢に避難させ、武田の血筋を遺すための方策でもあった。

——妻には悪いことをした……

勝頼の詫びる心とは別に、実家との関係が嫌悪になったことに北条夫人はそこまでとやかく言わず、

「もとから甲斐へ骨を埋める覚悟ですから……」

と少し寂しげに笑ってそれだけだった。勝頼は己の所業に夫人を巻き込んだことを悔いた。だが北条夫人の生来の性格がそれを綺麗に払拭してくれるのだった。

再生へと向かっていたように見えた武田に、綻びがみえはじめたのはこの頃であった。その衰微に気づいていなかったか気づいていなかったか、勝頼は軍事配置の転換をおこなった。まず自身が青年時代に信玄から城代を任された高遠城に仁科盛信を置く。仁科盛信は信玄の五男であり、勝頼の異母弟であった。さらに菊姫の実兄である。信州伊那の高遠城は武田にとっても西方への要衝であり、一門に任せたい城であった。仁科盛信の前任城代は勝頼の叔父武田逍遥軒信廉、つまり信玄の弟であった。

次に上州方面は、勝頼と幼少を過ごした真田昌幸にあたらさせた。父幸隆と同じく武田の知将として一角の者となった昌幸は、勝頼にとっても頼りになる将であった。また武蔵方面への門口となる甲斐東方の郡内には小山田信茂である。小山田は郡内を歴代治めてきた国人で武田にとっても重要な者たちであった。

西方・東方はそれで問題は無かった。そして先代信玄が晩年進出し、勝頼が根気強く保持し、そして領土を拡大していった南方の駿河方面には、穴山信君を江尻城主とした。穴山信君は甲斐南方の河内地方を治めている武田一門の現当主であり、穴山氏は南北朝の頃から甲斐武田から出たと言われる名門（※諸説あり。守護武田信武が在地豪族であった穴山氏を取り込んだとも言われる）で、以後代々養子・婚姻で武田家と関係を結んできた。信君は信玄の代から家中での発言力も強く、信玄先に触れた小山田と同じくして、武田の両翼とも言えた。その穴山信君を、信玄懐刀の山縣昌景が前任であった重要拠点（江尻城）に置いたのだ。

だがそんな勝頼の絵図とは別に、武田領南方の戦いは一変することになる。

天正八年（一五八〇）、徳川が高天神城を攻める。武田の遠江国への楔となっていた高天神城だが、この時にはすでに駿河の守備を固めることを重要視したため、遠江への援軍を出すのは難しいと判断した。結局勝頼は高天神城を見殺しにする。勝頼にとって苦渋の決断であった。徳川勢に対し、高天神城主岡部氏は籠城六ヶ月とよく守備をしていたが、ついに兵糧も尽き、最後には動ける城兵全てが城外に攻め立て玉砕することとなる。

信玄が獲ることもできず、勝頼の代で南方の盤面を大きく動かしたと言わしめた高天神城がついに武田の手からこぼれ落ちたのである。そして武田を頼り申し込まれた救援を再三に無視したのである。これが遠江、駿河方面をはじめ支配領全土で武田の権威を急激に墜とすことになる。

今のままではジリ貧だ。勝頼はそう考えた。かつて山縣昌景は織田信長のことを「商売人になればよいものを」と冗談めかして評した。いわばそれほど織田勢の資金源は潤沢なのである。海に山にと往来を走らせ人々を商売へと動かし、それが大きなうねりとなって莫大な金を生み出していた。一方武田とみれば、いまだ微々たる貿易しかおこなえていない。頼みの綱の甲斐の金山もすでに半ば枯渇の様相だ。勝頼本人は自身の商売の才覚なさを恨んだ。

――ならば武田は後追いながらも織田の経済を倣うしかない

勝頼は決断をした。

それからのち新しい本拠地として新府城築城の知らせが武田領の至るところに届いた。新府城は今の本拠地である躑躅ヶ崎館より西方（山梨県韮崎市）の七里岩台地上に計画された。拡張し続けた武田にとって躑躅ヶ崎館を本拠とするのには少し東へ傾きすぎたのも今回の築城の理由であった。また新府城の位置は甲斐・信濃・上州・駿河から来る道の重なる箇所にあり、武田領内の経済を活性化させる意図もあった。

――とにかくこれで対織田の戦線を盤固とするしかない

勝頼はそう考えた。だがこの新本拠地築城の決断は果たして効果的であったのか。確かに新本拠地、経済拠点とするのには適した場所であったかも知れない。だがその経済効果が出てくるのにはまだ長年の時間が必要とされた。そこに織田信長という脅威がある今、そんな時間的余裕が武田にあるのだろうか。また武田は軍事面でも経済面でも多分に漏れず劣勢でもあった。軍事面への補強に資金を傾けている経済状況のなかで、本拠地移転という大胆な動きが可能であるか。

もちろんそれはどこかしらに大きな負担となってのしかかる。新本拠地建設の資金の捻出は武田の将や領民へとかかることになった。武田に綻び以上の亀裂が走った。

「木曽様、謀反！」

天正十年（一五八二）、真新しい新府城にいた勝頼のもとに驚くべき一報が届いた。

――しまった…自身の足元も見られぬほど自分は前を向きすぎていた…

勝頼は己の失策を恥じた。いや恥じた程度で挽回ままならない状況である。

このたび、謀反を起こした木曽義昌は、その名の通り信濃木曽谷の国人である。源平時代に活躍した木曽（源）義仲の血脈であると自称しているが確かではない。だが南信濃の重要な国人として位置づけられ歴史は古い。信玄の代の南信濃侵攻に反抗したが武田家に降ることになる。木曽谷は美濃との境目であり、西方への最前線ともいえ重要な場所でもあった。そのため信玄は自分の娘・真理姫（三女）を義昌の正室として嫁に出している。いわば木曽氏も武田一門であった。

その一門が裏切ったのである。武田家中に激震が走った。

――新府城建築のために武田各将への負担を強いすぎていた……

木曽谷は木材が豊富であり、新府城建築へのための木材の供給を大量に依頼していた。それが木曽義昌の大きな負担となったのであろう。これを機とばかりに織田勢も木曽の調略に動いていた。武田ともゆかり深い木曽義昌相手とはいえ忠義の把握はむろん勝頼とて忘れてはなかった。だが新府城建築、そして本拠地移転で忙殺された勝頼は細微まで行き渡らせることができてなかった。

「木曽義昌を討伐する」

勝頼は即座に判断した。己の失敗を返上しなくては武田が一気に崩壊する。この木曽義昌謀反の前には信濃浅間山が噴火していた。武田領の広くはその噴火の影響で灰をかぶっている状況であった。勝頼はその灰を踏みしめながら暗澹たる気持ちで出陣するのだった。

なお北条夫人は、新府城から釜無川を渡る対岸側にある武田八幡宮（山梨県韮崎市）に願文を出している。武田八幡宮は甲斐源氏の流れをくむ甲斐武田開祖信義が元服し館を構えた場所でもある。のち武田家の氏神として尊崇される。

願文には、八幡大菩薩に武田家先祖代々の繁栄の礼を真っ先に挙げ、つぎに「逆臣たちが武田を脅かす」と記している。また、「勝頼が討伐のため出陣しました。勝頼に非は無く、悲しみのなかでの出陣です。どうかご加護をお願いします」という主旨で、あくまで夫を気遣う北条夫人の心が伺える。

そんな夫に気遣う夫人に対して運命はさらに過酷なものをつきつけた。

木曽氏謀反の背後に潜んでいた織田徳川勢の侵攻である。この時にはすでに織田信長の嫡男信忠を総大将とした大軍が木曽谷を抜け伊那へと迫っていた。同時に徳川家康も駿河方面からの侵攻を開始している。

信玄以降、武田は自領への大規模な侵攻を許すことは無かった。それが破られたのである。こうなれば屈強であった武田の兵も脆いものだった。

各所で一気呵成にと迫る織田勢に城を次々と奪われる。その局面に対して勝頼は諏訪の地で打倒織田侵攻のため陣を敷いていた。ここで一気に巻き返さなくては後がない。その想いで将兵たちにも強く命じていた。

だがなおも勝頼に難題がのしかかる。

「穴山信君様の妻子が江尻城へと連れ去られました。謀反と思われます……」

穴山信君の妻子は躑躅ケ﨑館に居住していた。ある意味駿河江尻城にいる信君に勝頼への忠義を示させるための保証でもあったのだろう。その人質ともいうべき妻子が信君自身のもとへ動いた。つまり勝頼への完全な裏切りである。

「……！　そうか」

と一言もらすやいなや勝頼は迅速に新府城への撤退を陣触れする。今の状況でここに留まるのは危険である。もはや亀裂が一面に走ることは止められようがないと勝頼は覚悟した。しかしまだあらがわなくてはならない。

――盛信すまぬ……

勝頼本軍の撤退は、高遠城の異母弟・仁科盛信を見捨てることを意味する。いずれ織田勢に囲まれ寡兵の高遠城は踏み潰されるだろう。


「穴山め！　許せませぬ！」

新府城へと戻った勝頼に、新府城で留守を守っていた嫡男信勝は憤っていた。親類となる木曽に続き、一門としてより近い穴山が裏切ったのである。十六歳となる若い信勝にとってはありえないことなのだろう。

「まったくです」

と北条夫人も露わにしている。

「そうだな……」

同調する勝頼だが、二人をよそに、勝頼は冷静であった。

――義昌も信君も、自身が抱える領地の当主として生き残る道を画策したうえでの決断なのだろう武田への裏切りに勝頼は怒りを覚えたが、人として責める気がしなかった。

——あのとき最期を迎えようとした兄義信もこんな心境だったのだろうか

虚空を見つめ考えた。

「もはや新府城で迎え撃つのは危険であります」

近習の者が勝頼に告げる。このときまだ真新しいままの新城であった新府城には守備が万全とは言えなかった。伊那・諏訪も織田の手が伸びているいま、新府城で籠城することはできない。

「郡内の小山田様からご進言が」

「信濃上田の真田様から！」

これはほぼ同時だった。伝言を聞けば双方とも新府城を脱し、自分のところへの避難を促していた。二人ともその準備のためすでに領内へと戻っている。郡内の岩殿城か信濃の上田城か。どちらも武田が誇る要害である。織田勢相手にいくらか抵抗できるだろう。いやだが結局は…。

「小山田の方が信頼がおけます」

と信勝。織田徳川と接して裏切ることになった木曽穴山と違い、遙か東方に位置する郡内の小山田信茂までは調略されることはないだろうという信勝の判断だった。真田昌幸も信頼が置けたが、上田への行程は苦難の道と言えよう。ここは郡内へ行くことが最適かと勝頼も考えた。

それとはよそに息子の発言を勝頼は急に不憫に思えた。

――若い信勝にはこのような敗戦時の決断などさせたくなかった……

全盛期の武田のような屈強な将兵たちを勝頼の跡を継いだ信勝が見事に操る。そのような姿を見ることが勝頼の希望だったのだ。だがそれも叶わない夢であった。

「信勝の言葉、もっともである。新府城を脱し岩殿城へと向かおう」

そんな勝頼の想いをおくびにもださず、勝頼は皆に伝えた。

「お前は北条小田原へと落ち延びられるよう手配しよう」

と勝頼は北条夫人に言う。だが北条夫人は嫁入りして以来見たことのない剣幕で勝頼を捲し立てた。

「今更小田原へと戻れましょうか。最後まで貴方と共にあると覚悟しています」

「そ、そうか…」

「二度と言わせないで下さい」

このやりとりに勝頼は初めて夫人と会った時に面を喰らった戸惑いを思い出した。この妻はそうであったな、と内心うれしかった。そして夫人の言葉から、北条夫人がすでに遠くない未来の武田の行く末を勝頼と同じ考えで見据えていることもわかったのだった。

この頃にはすでに勝頼を見限って脱走する兵が多かった。それもしかたなかった。勝頼にとっても行軍速度が遅くなる巨大な集団と為して進むより、少ない兵力の方が都合が良い。だが新府城を脱した勝頼と武田の残存兵と共に、新府城にいた女、子どもも抱えなくてはならなかった。

頼りになる将は栗原左衛門尉、小宮山内膳、土屋惣蔵昌恒であろう。

――道の険しい信濃上田へ目指していたら大変だったかもしれん

勝頼は思った。武田のかつての栄光を誇ったあの躑躅ケ﨑館にも寄る時間も無く、勝頼一行は夜半に勝沼あたりにつき、心寒い状況で一晩を過ごした。

明けて勝頼一行が岩殿城への道につながる笹子峠を超えようとした時である。小山田の手勢と思われる者が待ち構えているのが遠くに見えた。これで一息つけると一行の多くは安堵したが、どうも様子がおかしいと勝頼は遠巻きに感じた。避難した一行を受け入れる様相ではない。槍を構え、いつでも鉄砲が撃てる状況である。

「これはなにごとか！」

と土屋昌恒が大きな声で問いただした。峠道をのぼり息もあがっていた一行に対して小山田の家来たちは無情な言葉をはなった。

「当方、一行を抱えられることはできませぬ」

つまり小山田信茂も裏切ったのである。

「一度山道を戻り、天目山に向かおう……」

勝頼は決断した。一行は肩を落として峠へと登ってきた道を戻ることとした。もはや行き場の無くなった勝頼はなぜ天目山へと向かうと発してしまったのか、勝頼自身も少しわからなかった。山道を下りがてら考えて、ハッと考えが至った。

そもそも天目山は室町中期に、同じく甲斐守護であった武田信満が逸見氏の謀叛にあい、天目山へと追い詰められて山中で自害した地でもあった。天目山にある棲雲寺にはその慰霊となる信満の宝篋印塔ともに自害した家臣達の五輪塔が遺っている。

――そうか、もう私も覚悟を決めたか

勝頼の考えに信勝も北条夫人も気づいたか決意を秘めた顔つきとなった。

天目山への山道は女子どもを伴っている一行には辛かった。そして新府城を出るときには四百ほどはいた武田の兵たちももう四十いるかどうかであった。

「また私たちに、すまぬ…と思っているのでしょう」

夫婦寄り添いながら必死になって歩いていたそのときに、北条夫人は言った。

勝頼は驚く。まさにいま妻子に対して思っていたことそのものだからだ。

「貴方様は他者の顔を伺いすぎです。もっと好き勝手に考えなさればよい」

とズケズケと言った。勝頼は思わず苦笑してしまった。

「まるで婚礼後の時の発言のようだな」

と勝頼は返す。

「そうですそうです。嫁ぎ先が能面のようなお顔で自分の考えを閉じ込めているような気難しい年上の男ですもの。ああも言ってやらないと私が納得いきませんでした」

「なるほど…そうか」

「それに道中ずっとお考えでしょう。『私は当主として相応しいのか云々』など。そんな堂々巡りする考えをしてはいけません」

勝頼はこんな悲惨な状況下でありながら大いに笑った。まったくこの不肖勝頼、我が心の面倒くささを心得た良き嫁を得たものだ、と。

そんな夫婦のやりとりをみた一行は、悲壮な想いが和らいだようであった。


「織田勢が眼前に迫らんとしております」

土屋昌恒は勝頼に告げた。棲雲寺にはまだ遠い道中であった。もはやこれまでと一行は、これ以上歩を進めることを諦めていた。勝頼たちが自刃する猶予を与えんと「いざとなれば私が刻を稼ぎましょう」と昌恒は頼もしく宣言する。

「ありがたし」

と勝頼は昌恒に感謝した。もはや最期を迎えんとばかりの勝頼の心は晴れやかであった。あとは武田家当主の最後の重責を担う大仕事をするだけだ。

だが一つほど懸念することがあった。まだ幼い自身の子たちである。夫人は勝頼との二歳となる子勝親を抱えてきていた。そして北条夫人を娶る少し前に死産となった側室の子も侍女が抱えてきてくれた。

もっとはやく、逃がしてあげるべきだった。勝頼は自身の想いに固執し、子のことに配慮できなかったことを悔いた。

「左衛門尉……この子を頼めるか」

土屋昌恒と同じくこの天目山まで付いてきてくれた栗原左衛門尉に賭けてみることにした。頼む…という言葉が左衛門尉の考えを飛躍させたのか、少し行き違いがあった。元来思い込みの激しい人物である。織田勢相手に逃げられぬ可能性も高かったが、この者なら任せられると勝頼は思った。横を見ると北条夫人も同意見のようである。

「はい、きっとご立派な成人に！」

最後の別れをすませ左衛門尉は駆け下っていった。「勝頼様、おさらばでございます」と左衛門尉は大声で叫んだ。気持ちの良い男武将に赤子勝親を託せたことに勝頼は安心をした。

「では勝頼様、側室の子は私が…」

突然侍女の一人が言った。「あっ」と勝頼は驚いた。信玄の側室で抱えの忍びでもある弓であった。侍女の姿を装い一向に紛れていたのだ。

「なにかの助けになるかと思い、駆けつけました」

と弓は言う。信玄逝去以後、躑躅ヶ崎館に戻らず行方をくらましていた。

「その後、京へと参り、武田の忍びと通じ情報を集めておりました」

「そうでありましたか…」

勝頼も与り知らぬことで意外な再会に驚きもしたが、この者なら頼めると勝頼は確信した。

「信濃上田の真田様の元へと逃れようと思います」

側室の子を大事に抱えながら弓は言った。

「昌幸によろしく伝えて下さい。今までの忠義感謝するとも」

こくりとうなずき弓は足早に去って行った。まさに忍びの動きである。

大事な子を託した勝頼は北条夫人の手をぎゅっと握った。もはや憂いはない。

土屋昌恒がついに一騎で飛び出した。

「昌恒！」

勝頼は叫んだ。

「勝頼様！　ご立派な最期を遂げられることを祈っています！」

昌恒が時間を稼ぐために一人で織田勢を食い止めようと飛び出したのだ。勝頼は「果報に思うぞ！」と駆け下りる昌恒に叫んだ。勝頼と信勝は昌恒の背が見えなくなるまでそれを見送った。

「信勝……」

傍らにいる信勝に声を掛ける。本来ならこの子も逃げてしかるべきであった。

「父上……私は武田家跡継ぎとしてこの武田の最期を自身の手で締められること誇りに思います」

「そうか……時を稼ぐ昌恒に感謝しなくてはな」

「はい」

勝頼は我が子をこのような状況へと陥らせたことを不憫にも思っていたが、いまはもうそう考えるのはやめることにした。信勝自身はもう元服を迎えた立派な武将である。そして武田の一族でもある。その者が自分と共に武田の終焉を迎えてくれるのだ。

「良い息子をもった。ありがたい」

それが父子の最後の会話であった。信勝自刃、享年十六歳。

「貴方様との暮らしは幸福そのものでした」

北条夫人は涙を流しながら言う。

「私もだ」と勝頼は答えた。

「できれば来世は当主という重荷に悩まない貴方様と一緒になりたいものです」

「私もだ……」

勝頼も涙を流し北条夫人を介錯した。享年十九歳。

「ふぅー」

一人となった勝頼は大きく息を吐いた。

「さあこれで最後だ。まあ当主なる人生もやりがいがあったものだったわ」

と勝頼は叫び自刃して果てた。享年三十七歳。

勝頼はなにかわからぬところを彷徨っていた。

「ここはどこであろう」

暗さだけが目前に広がる。だが妙に暖かい心地がした。

やがて僅かな明るさが前方に灯り、今まで死した武田の者たちが現れていった。

――そうか、私は死んだのだな……

勝頼は確信をした。そんな勝頼に誰かが声を掛ける。

「勝頼、おぬしは私の跡を見事に継ぎ、武田家当主として混迷極まる世に尽力して生きた。大儀であった」

父信玄であった。そして信玄の側にいた兄義信も言う。

「兄として誇りに思うぞ」

二人の言葉に勝頼は涙し感極まる。だがそれとは別にいつもの冷静な自分が一人ごちた。

――走馬灯というものか。最後の最後で都合の良いことを妄想している……

自分自身に言い放つ。最期までそう考えてしまう皮肉な自分に勝頼は、

――まったく自分というものは愚かな者だ
と自嘲する。おそらくこの性根は幼少時に母諏訪姫と辛い別れをしたからだろか、といつもの思案にふけようとしたときであった。そこに、

『貴方様は何事も物深く考えすぎではないでしょうか？』

と北条夫人のかつての言葉が突然頭をよぎった。勝頼は笑った。

「そうであったな。たとえ死ぬ直前の妄想であろうと、今はこの心地をありがたく頂戴するとしよう。さあ父上、兄上、のんびり語り合いましょう」

〔追想 武田勝頼伝　完〕

※※※※※※※※※※※
果たして勝頼の評価は正当なものなのだろうか。通説では、武田を滅ぼした暗愚の将、と低評価である。しかしこれは武田信玄を第一とする『甲陽軍艦』の記述と、家格の保持を第一とする江戸期の武士達の価値観によって造られた評価だ

ろうと言われてもいる。

同時代を生きた者たちにはどうだったろうか。特に高評価なものを挙げる。

上杉謙信は「（武田は）片手間で戦う相手ではない。兵を集中させ武田を討つ方が良い」と信長宛の手紙にも書いている。また「四郎（勝頼は）若輩に候と雖も、信玄の掟を守り、表裏たるべき《裏表がない人物》の条」と勝頼の信頼がおける人柄を褒めている。

また、相対することが多かった徳川家康は勝頼に対して「物数奇」（先例の遵守にとらわれない者）と評している。柔軟な発想で武田に新風を起こしたのである。

他にも向嶽寺（山梨県甲州市）の歴代住職による「塩山向嶽禅庵小年代記」では、勝頼の治世以来、甲斐国土は安定した、とのようなことが書いてある。だがこれはいくらなんでも褒めすぎであろうと思われる。

そして織田信長の勝頼評は「信玄が病死し武田も続くまい」と広言し、また長篠・設楽原合戦直後に「四郎、赤裸の体にて、一条北入《にげいり》候申し儀」と謙信への手紙で自慢げに勝利宣言をしている。しかしこれらは武田という脅威に対しての信長特有の悪態であろう。特に後者は紙一重で撃退できた喜びが過剰に出ているとすら感じる。その証拠か、のちの甲斐信濃攻めの総大将となった嫡男信忠へ慎重に進軍せよと何度も忠告をしている。信長にとって武田は最後まで強敵だったのである。また、自刃して果てた勝頼に対して「武将として優れていたが、運が悪かった為にこのような結末を迎えた」と信長本人が漏らしたとも言われている。

確かに時代の流れを読み間違えた当主だったかもしれない。だが勝頼は様々に模索をし続けた当主であった。同時代の者にとって武田家当主の勝頼は畏敬の念を抱く傑物であったのは確かだ。


そして勝頼は武田を次代へと繋げることができたのか。

武田が、勝頼が最後まであらがい続けた姿は当時の人々に深く印象をもたらしたと思われる。後世でも武田の戦いの記録は人々に語られ続けることになる。

そして先に述べた徳川家康も武田の軍編成を高く評価し、自軍に採り入れている。そのためか徳川治世となった世でも各地に武田の遺臣が生き続け、その名跡を数多に遺している。

これも武田の猛将たち、そして勝頼の功績がためと思われる。

甲斐高畑の女性

勝頼側室の一人に、高畑氏の女（むすめ）がいる。詳細は分からないが、天正十年に勝頼のところにいたと言うので勝頼最期のころの様である。勝頼が自害のころ身ごもり、武田滅亡ののち、そのまま勝頼の子を産んだと思われる。

埼玉県比企郡に玉川村（現ときがわ町）がある。ここの玉川公民館で書道を通して知り合った市川さんと言う九十代の女性が、家の先祖は武田勝頼から繋がった、と言う。

日本昔話のようではあるが、市川さんが言うには、昔、武田滅亡のとき、赤子を連れ布姫と名乗る女性が家来と思しき者を五人ほど荷車を引いて玉川の地を通り掛かった。

しかし一行は「ここで止まれと言う事か？」と、小さな沼で手を洗って休んだ。そして親切な村人たちの世話になり畑を耕し暮らしたそうである。

やがて近くの慈光寺と言う寺で「武田が亡びて勝頼公が自害した」と聞くと、布姫と言う女性が近くの沼に入水して帰らぬ人となった。その時、遺された子どもから市川家は繋がったという。

高畑の女性もまったく記録に残ってないが、この玉川に現れた女性布姫の様な気がするのは私だけだろうか？

山中にある慈光寺山門（埼玉県ときがわ町）

勝頼外伝

彼と共に生きた周囲の人々

外伝壱 高遠城の桜蕾 ―仁科盛信兄妹と織田信忠―

武田勝頼には、母の違う弟が三人いた。そのなかでも信玄の側室油川夫人の子に男二人がいて、仁科盛信と葛山信貞の兄弟であった。兄の盛信は武勇優れた将として高遠城で最後まで立派に戦っているが、弟信貞の記録は余りない。

また油川夫人は男二人の他に松姫、菊姫、真理姫という女《むすめ》らを産んでいた。木曽義昌に嫁いだ真理姫という信玄三女も油川夫人の子であると言われるが真偽は定かではない。

菊姫は、上杉氏の跡継ぎ争いとなる御館の乱時に、武田上杉の同盟の証として上杉景勝のもとへと嫁いだ。

そして松姫は、織田信長の嫡男織田信忠と婚約していたことで有名である。武田織田がまだ誼を通じていた頃、同盟強化のため織田信長の嫡男織田信忠と松姫を婚約させせることが両者で取り交わされた。一度も会った事はない若い二人だが、仲むつまじく手紙のやり取りをしていたと言われている。しかし武田信玄の三河侵攻にあたり、織田との仲が破綻し、ついに二人は婚約破棄となる。

この油川夫人の子達も武田末期の運命に翻弄された者であった。


さて、話は天正十年（一五八二）。

高遠城主仁科盛信は、武田当主勝頼から高遠城を任されていた。武田にとって信濃南方を睨む重要な城である。武田一門であり、信頼のおける弟である盛信に勝頼は任したかったのであろう。盛信は二十六歳という若武者ながら、誠実さは武田家中に知れ渡っていた。そして家臣からも深く信頼されていた。正室も十六歳で若く、この城は活気付いていた。

だが木曽義昌の裏切りを皮切りとし、織田徳川軍は大挙して各方面から信濃甲斐の武田領に侵入した。日の本でも無双と評されていた武田の者達は、長年自領への大規模な侵攻を受けたことは過去になかった。それが災いしたのか、守勢の慣れぬ戦いに後手後手となり南信濃は一気に織田徳川の手に陥っていく。これを受けて、もはや守ることはできぬと勝頼は新府城に火を放ち、甲斐東方となる小山田信茂の居城岩殿城を目指すことになる。

勝頼の敗走をうけて、高遠城城主の仁科盛信は、単身高遠城を守ることとなる。四面楚歌であった。他城と比べ、流石の盛信はよく備えていたが、侵攻する敵兵数を聞き愕然とする。織田勢の総大将織田信忠が率いる兵は三万であった。対する仁科盛信側は手兵千人余りである。

「武田の為、兄勝頼の為、捨て駒になろう。城を枕に死のう」

盛信は死を覚悟で城に留まることにした。仁科の兵たちもそんな盛信のもとよく奮闘した。高遠城は峻厳な段丘上に築かれており、攻城するに難しい要衝である。寡兵ながらも織田三万に対して粘り強く守った。だが後詰めの救援も期待できない絶望的な籠城戦でもあり、落城するのは時間の問題となっていた。

いよいよ籠城する盛信たちも心身が限界となり、明日をも知れぬとなった夜、盛信は遅くまで大々的に酒盛をする旨を皆に伝えた。城の者たちも悲嘆にくれても仕方ないと、盛信とともに最後の酒宴を楽しむこととした。

実はこのとき妹の松姫も城内の新館に住まわせていた。婚約破棄後、躑躅ヶ崎館では松姫も肩身が狭いだろうと盛信が呼び寄せ庇護していたのだ。城攻め総大将信忠と武田方松姫の元婚約同士が皮肉にも戦場で相対していた。

松姫は全てを諦めていた。「今夜は最後の夜」と、静かに物思いに耽っていたが、夜半に盛信に呼ばれ、盛信の部屋を尋ねた。

「松姫、短かい間だったが楽しく過ごせた。礼を言う」

「こちらこそ御礼を申し上げなければなりません、嫁に行かなかった私を気遣い躑躅ヶ崎の館から高遠城に呼び住まわせて下さりありがとうございました」

「兄として当り前の事をしただけだ」

盛り上がりを見せる酒宴から一刻抜け出した盛信の顔はわずかながらに顔が紅潮していた。

「だが信忠殿を恨むなよ。彼とて父の信長の命令に従ってのこと」

「はい……これも戦国のならい。松はわかっております」

「しかし万が一、諏訪の兄上(勝頼)が勝てるかも知れないと言う望みを託して、武田の為、誉れ高い亡き信玄公の五男として、明日は喜んで死ぬつもりだ」

盛信は覚悟を決めている顔であった。

「だが松姫、其方だけが心残りだ」

「私もここを死に場所としています。どうがご一緒に……」

松姫の決意も固かった。この当時の織田側の文書に〔武田の女は男に劣らず〕と言わしめたほど男武将に引けをとらぬ武田の国柄が松姫にも備わっていた。

「供の者を付ける。松は今すぐこの城を出て勝頼兄のもとへ行ってはくれぬか」

この時盛信は、勝頼が新府城から更に東方へと敗走したことを知らなかった。

「松はまだ若い。兄ならきっと姫を助けて下さる」

だが松姫は頑なにそれを拒んだ。盛信はなおも食い下がる。

「松は何とか生き延びてほしい。松まで死んだら他に誰が武田を供養する？」

「嫌です。幼少より共に育った盛信兄を見捨ててまで生きて何になりましょう」

難航する説得に盛信はふぅーと長く息をし、静かに言った。

「つまらぬ事に義理立てをするのではない。では聞く、信忠殿はどうなる」

「敵総大将である信忠殿ですか？」

松姫は、かつての手紙で恋心を育んでいた過去を思い出したが、それを拭い去るためあえて敵と断じた。だが盛信はかまわず続けた。

「松と会った時、信忠殿は松を斬らなければならないのだ。それが戦だ」

その言葉に松姫は言葉を詰まらせた。

「信長の命令だ。信忠殿が可哀相だと思わぬか？　信忠殿は松を連れ、織田を捨て逃げることも出来ぬ。彼も戦国大名の嫡男として戦いに囚われた一人の男だ」

「兄としては、そうなってしまう信忠殿と松が不憫でならない……」

盛信にそこまで言わせた自分の浅はかさを松姫は知った。そして一筋の涙を流した。信忠を想っただけではない。盛信のやさしさも不憫であった。

松姫は気が付くと、三ッ指をついて一礼をした。月の明るい夜だった。

「すまない松、分かってくれたか……」

「はい、私は最後まで兄上を困らせました」

「いや違う、兄妹だからこそ、我が侭も言えて喧嘩も出来るもの。これが最後の兄妹喧嘩だと想ってくれ。さてもう一つ我が侭を言いたい。私の最後の願いを聞き届けて下さるか？」

「はい、何なりと……」

「私達夫婦は、すでに死の覚悟は出来ている。しかし三歳の姫が心残りだった」

幼い姫の名は督姫と呼ばれていた。

「だが、この度の松の決意が、私に親の欲目を再び思い起こさせてくれた。このままでは督を親の手で殺さなければならない。そこで無理は承知で頼みたい。督を連れて逃げてはもらえないだろうか」

あの武勇を誇る盛信が松姫に土下座をする。

「はい、分かりました。大切な兄上の御子に何の罪がありましょう。ご心配はいりません。きっと立派に成人させます。どうかお顔をあげて下さい」

兄も妹も涙を流した。


一方、攻め手の総大将である信忠は高遠城を見下ろせる丘の上にいた。明日落ちるであろう高遠城の灯りが寒い春先の空に映え美しかった。

――松姫もあの灯りを見ているだろうか？

信忠は、『私は誰にも嫁ぎません』と書いた松姫の手紙を想っていた。いまだ信忠にも松姫への未練があった。

――明朝の攻撃で高遠城の者達は……

いっそのこと城に飛び込み松姫を連れて逃げられたら……

所詮叶わぬ夢である。自分は天下一統を目前とした織田家の嫡男なのだ。そのような事態になったら天下はどうなるであろうか。織田の権勢は地に墜ち、世の中は再び戦乱を巻き起こすかもしれない。そのような無責任なことはできない。
――松姫……すまない
信忠は知らなかった。このとき松姫と盛信の遺児が僅かな従者に連れられ落ち延びていたことを。運命は数奇である。

夜明けと共に高遠城の強硬な門がついに打ち破られた。三万対千である。昼には終わるだろうと織田方に予測された最後の攻城戦だが、武田方の必死の反撃によって織田方も大いに苦戦した。武田勢の強さがここに改めて示されたのだ。織田方のこの攻城戦の記録書によると、「十六の女性、長刀を使い回し、男七人に囲まれても七人を斬り、余りの強さに、織田方が鉄砲で撃った」とすら書かれている。武田は男も女も武人であった。
想像以上の反撃に、丘の上にて攻城の行く末を見ていた信忠は苛立っていた。やがて家来の止めるのも聞かず城の目前まで身を飛び出される。表向きは指揮を取っている様だが、だが心の中では松姫の姿を捜し乱れていた。

「信忠様、おさがり下さい！　城に近づいてはいけません」

部下複数が身体を張って窘めた。

「すまない」

やっと心を落ち着かせた信忠が部下達に詫びた。そのときであった。

前門にいた信忠の耳に咆吼に似た叫び声が響いた。そこは門を入ってすぐの少し高い所だった。敵将と見られる一人の若者が自らの腹をかっさばいていた。そして自身の真っ赤な腸を織田の者達へ投げつけた。

「織田勢よ、よく見よ！　これが誉れ高き武田の将仁科盛信だ！」

と名乗りをあげる。信忠は、あれが敵将か、と初めて相まみえる盛信を見据えた。

「武田の者達よ！　良く戦ってくれた。礼を言うぞ！」

と叫び、気丈に立っていた。いよいよ首に刃をかけ最期を迎えようとする。

「やめろ！」と思わず信忠が叫んだ。しかし割腹して意識も朦朧となりかけている盛信の耳にその声は、あのやさしかった信玄の声に聞こえた。

「父上！」

盛信はそう叫ぶと首を横に振った。そして最期には前に伏しもう動かなくなった。最期に盛信は信忠の声で信玄を捜したのだろうか。あるいは信玄の幻を見たのだろうか。一瞬どよめきが上がり辺りは静まりかえった。

「……敵ながらあっぱれ」

信忠は胸が熱くなりそう叫ぶしかなかった。盛信の最期を見とどけた武田の残存兵は、怒りの声を上げ織田の攻め手側へと突入し、太陽が最も高く上った時、武田の時間は止まった。城が落ちると信忠は真っ先に城内へ飛び込んだ。女達は皆一ヶ所で自害していた。

城内は、奇麗に整理され、酒の支度に金の屏風が立っていた。婚礼のあとが、うかがわれた。若い好き合う男女を盛信は一夜だけ夫婦にしたのだろう。信忠は、あの気丈に立って腹を裂いた盛信の顔が、いつまでもちらついた。

――もし自分が松姫と夫婦になっていたら盛信とは兄弟。

共に戦場を駆け、笑って酒を飲むこともあったであろうか……と思うと、涙が零れた。そして何故、武田と戦っているのだろうと、信忠は自分の運命を呪った。一度も会ったことのないが、美しいと噂された元婚約者の松姫の文面を信忠は改めて思い出していた。

『御縁が無かった信忠様……しかし私の心は、せめて心の中だけは、信忠様の妻で一生過ごします。私は誰にも嫁ぎません』

手紙をくれた松姫。兄、家来、館まで奪われた松姫は、織田の恐ろしい襲撃にあってこの信忠を恨んだろうか。もはや松姫は、この数多横たわる死体のどれかだろう。そう思うと信忠のあふれる涙は止まらなかった。

武田の女達は皆鉢巻きをし、手には長刀を持って息絶えていた。信忠は「松姫！」と叫びながら松姫を捜した。共にいた部下達は、顔を知れぬ愛しき人を捜す信忠の姿が哀れであった。そんな主君の姿に皆涙を流した。

やがて信忠はまだ息のある女性を見つけた。「松姫はどこに!?」と聞く。その女性は、「松姫様は夜のうちに城を逃れ、諏訪の殿（勝頼）のところへ……」と言うと息切れたのだった。

高遠城の名物と名高い桜の木々は、そんな敵味方の悲しみを包んだ凄惨な戦いなど知らぬとばかりに立ち並んでいた。そして桜の木々は春の暖かさを予感したのか、開花に向けて蕾が膨らみ始めていたのだった。今年も見事に花は咲き乱れるのだろう。

仁科盛信は『大変厳しい武将だった』と言われている。ある時、勝頼配下の者が戦帰りに、盛信のいる城に通りかかり「どうか休ませてくれ。水を一杯くれ、粥を食べさせてくれ！」と懇願した。

そこに盛信が「本当に其方達は武田の者か。兄勝頼の配下はそんなに弱いはずがない。其方達は敵だ、敵に決まっている！」と、言って絶対に門を開けなかった。用心深かったのか、味方にも厳しかったのか定かでないが、二十六歳の若さで自らの腸を敵に投げ付け己の意地を見せることは、並大抵の若者の出来る業ではない。仁科盛信も立派な武将だった。

外伝弐

遺児を抱いて　――栗原左衛門尉――

栗原氏は武田家の支流にあたる名族である。

永正十七年（一五二〇）、当時の栗原氏当主・栗原信友は今井信是、大井信達らとともに、強引なかたちで国人衆をまとめようとする武田信虎に背いたが都塚の合戦で敗北。その後、甲斐栗原の館（山梨県山梨市）が包囲され、武蔵国秩父に逃亡した。のちに信虎に懇請して許され帰国した。

この栗原信友の子孫の一人栗原左衛門尉は、天目山へ勝頼達一行とともに最後の時を迎えようとした。左衛門尉も見事に最期を遂げんと覚悟を決めていた。

「左衛門尉、この子を頼む！」

突然勝頼が自身の次男勝親を左衛門尉に渡そうとした。二歳の男児の幼い赤子である。

「勝頼様、頼むとは？……」

「……」

　黙る勝頼に、左衛門尉は勝頼の子を介錯せよということだと合点した。いくら戦国の戦いの結末とはいえ、このような赤子が犠牲になることが果たして良いことであろうか、という疑問が左衛門尉の脳裏に急に浮かんだ。

「勝頼様！　私にこの御子は殺せません！　私は、この子と逃げます」

　左衛門尉は主の頼みを拒絶し、続けざまに周囲に叫ぶ。

「誰か後生だ！　この子を背追う紐をわけてくれ！」

　そして勝頼自身につよく告げる。

「私はこの子と逃げてみせます。一日でも、いや一生逃げてみせます……」

　左衛門尉は大粒の涙をこぼした。一行の誰もが左衛門尉が自身の命が名残惜しいから言ってるとは思わなかった。一行も、滅亡する武田に赤子までもが付き合わなくて良いと思っていたのだ。

「勝頼様、最後の奉公金として多少の路銀を拝借いたします」

「よし…。左衛門尉の選ぶのも忠義の道である。冥土に金は不要。もっていくがよい」

そうして勝頼より渡された路銀を腹にしっかり巻き付け、子勝親を背負った。

「今、この山を下って行ったら敵に直面するがよいか」

勝頼が問う。

「かまいません。私はここで刀鎧を捨て農民に扮して見せます」

左衛門尉の決意は固かった。

「そうか……賭けではあるが、この期に及び僅かな一縷にすがるのもよかろう」

最後に勝頼は赤子である勝親の頭を優しくなでた。そして左衛門尉の拳をにぎり言う。

「あの世で無事を祈っているぞ！」

勝頼の目は、すでに死人《しびと》として最期を迎えようと強く決めている目である。左衛門尉は主である勝頼に心残りがないように強く宣言してみせた。

「はい、きっとご立派な成人に！」

もう左衛門尉は振り返りもせず、駆け下っていった。そして最後の最後で聞こえるように大声で叫んだ。

「勝頼様、おさらばでございます！」

左衛門尉は幼い勝親を背追って険しい、山を下って行った。途中農民に扮すべく、着ているものを泥にまみれさせていた。

やがて道なりにどんどん行くといよいよ甲斐の盆地が目に見えてきた。だが勝頼の予言通り織田信忠勢と出くわしてしまうことになる。左衛門尉は子を背追ったまま座り両手をつき、平伏をしてみせる。とにかくやりすごすしかない。

「そこのお前。このような時に何処へ行こうとしている？」

兵が訊ねる。

「は、はい、この子が熱を出したので麓の医者に行きます」

突然武者様に声をかけられた農民という自分をつくるべく、たどたどしい返答を心がける左衛門尉。

「その赤子の歳は？　母親は？」

「はい、二歳になります。母親は産後の肥立ちが悪くすでに亡くなっています」

なんとしても赤子を医者にみせたいのです、と問いただす兵たちに度々平伏しひたすら懇願した。

「だが、お前はこの道を下ってきたようだが？」

「下る道中に武田の一行を見なかったか！」

兵たちが矢継ぎ早に責め立てる。

「い、いいえ、わしらの住まいは、山道から外れているところの炭焼き小屋ですので……。それらしい一行は……」

なんとかこの詰問から逃れようと左衛門尉も必死になって虚実の言葉を紡ぐ。

そこに…。

「どうした。時間がかかりすぎているぞ」

突然、比較的若げな武者とおぼしき者がこの詰問に割って入る。どうやらこの一行のなかでもかなり有力な者のようである。平伏していた左衛門尉はチラリとその武将の姿をのぞく。

――まさか……この出で立ち…織田信忠では！

立派な武者姿の将の出現に左衛門尉は肝を冷やした。信忠はこの武田攻めの総大将である。

以前、武田と織田がまだ手を取り合ってたころ、武田信玄公の娘松姫と織田信長嫡男信忠で婚儀を結ぶ話も合った。だが結局両家は決裂し、この婚儀は破談となる。それまで手紙のやりとりをしていた信忠、松姫の双方は互いに未練を残していたらしい。今回の信忠の侵攻は、様々な想いを抱いてか、一気呵成に武田領土を切り取っていた。

「はっ！　この父子に怪しいところがありまして……」と兵は詳細を告げる。

「ほう…」と信忠。左衛門尉に近づき、背負っている勝親とともに二人をにらみ、そして言う。

「泥で汚れてはいるが、農民にしては良い生地のものを着ている…」

信忠が疑問を投げた。たしかに勝親の掛け着は簡単に手に入るものではない生地であった。信忠はさらに二人をジロっと見る。

――ま、まずい！

「こ、これは拾いものでして」

いくら扮装するとはいえ、まだ幼い赤子の掛け着を剥がすことを哀れと想いやめたのが裏目に出てしまった。いよいよ左衛門尉の顔は蒼白したものとなった。もはやままならぬ状況である。ならば敵兵から刀を奪い、隙を突いて信忠を討ち取るべきか…、とすら数瞬で考えた。

その時である。背負っていた赤子がその左衛門尉の僅かな殺気に触れたのか、急にギャーギャーと泣き出した。

これには左衛門尉も詰問していた兵たちも吃驚した。そして信忠は苦笑した。

「クク……そうよな、赤子はとにかく生きたいものよな」

「あ、あハイ…申し訳ありませぬ。熱を出しておりまして」

なんとかして赤子が泣きやむようあやしながら、信忠の言葉に便乗するように左衛門尉は言う。赤子が造ってくれた千載一遇の活路である。

「子が大変なときにすまぬことをした。オイこの父子に医者にかかる金をくれてやれ。詫び料だ」

と信忠は、近くの兵に命じた。

「あ、ありがとうございます。ありがとうございます」

ととにかくへりくだるよう一心不乱の演技で礼をのべる左衛門尉に、

「行っていいぞ。子どもを大事にせい！」と信忠は言う。

信忠が用意させた包みには詫び料とは思えぬ多めの金が入っていた。不審に思った左衛門尉だが、とにかくこの場にいられないとばかりに足早に立ち去ろうとした。が、その背中に信忠が「オイ!」と呼び止めた。

　ぎくりとして立ち止まる左衛門尉に、信忠は大声で叫ぶのだった。

「良いか!　医者にかかったのちは甲斐からは離れて暮らすんだ。決して甲斐、信濃には近づくな」

――あっ……

　左衛門尉はなにかに気づいたが、振り返りもせずそこからひたすらに走った。複雑な心境であった。

　左衛門尉は赤子を背負い走りつつ思った。

――何も考えないで進もう、ひたすら進もう!　この子の為だ
――これから私は、この子の父となりこの子を育てなければならない!

　この子が大きくなったら平和な世が来るだろうか?　戦いはもう嫌だ!

　そうだ寺に入ろう。戦とは縁のない世界で生きよう……

　暗くならないうちに農村にたどり着けた。そこで農家の納屋を借りて、子を抱きかかえながら寝入った。

次の日、農家の者に金を少し分けて暖かい粥をいただき、勝親にゆっくり食べさせた。そして、農家の者に丁寧に礼を述べ、左衛門尉はまた勝親を背負い出発するのだった。

ここからは色々と迂回しながらの行程であった。先日のように織田一行とかち合ってしまったら今度こそ終わりである。慎重に慎重に山道を選び大菩薩峠を越えて、更に武蔵国の方へと出る。赤子を抱いての旅である。左衛門尉にとって苦難の道であった。だが連れ立つことすら厳しい赤子をよく労り世話をした。

そこからもなにかと悩んだが、相模国へと赴き、鎌倉の一寺で身を寄せることとした。勝親が成長したのち仏門にいれるつもりであった。

やがて栗原左衛門尉と勝親は、摂津国尼崎藤田村（兵庫県尼崎市）に移る。大名池田信輝の庇護のもと勝親は「善悦」と号し浄土真宗本願寺派の僧となり、のち善悦は父勝頼の五輪塔を建て、天和二年（一六八二）まで生きる。享年一〇三歳という長寿であった。

その尼崎市の善念寺が武田家末裔と伝えられている。勝親（善悦）の行いはもちろん栗原左衛門尉の功績も立派である。

土屋の片手千人斬

勝頼の最も優れた家来を挙げるとしたら、私は土屋惣蔵昌恒を個人的に推したい。

天目山の戦いにて勝頼が自害を覚悟したとき、昌恒は主君勝頼が自害するまでの時間を稼ぐため、織田勢を相手にひとり奮戦する。

その際に狭い崖道で迫り来る織田勢を迎え撃つため、左手で藤蔓をつかんで崖下へ転落しないようにし、もう片方の右手の刀で敵の足をひたすらに狙い、敵兵を突き落としていったという。これが「片手千人斬」の異名となる。なお昌恒が突き落とした兵らが流した血は三日間も崖下の川の水を赤く染めた。人々はこの川を「三日血川」と呼び、後世まで片手千人斬りの武勇を語り伝えた。

土屋の働き舞いを聞いた徳川家康は「土屋惣蔵昌恒あっぱれ！」と称え、のちに昌恒の妻子を捜し出し一城を与えたと言う。

外伝 参

菊姫、その後 ——上杉景勝正室菊姫——

天正六年(一五七八)、上杉謙信亡き後の上杉景勝・景虎両名の跡継ぎ争い「御館の乱」は景勝の勝利に終わり、翌年七年(一五七九)に菊姫は武田上杉の同盟のため、甲斐から越後へ、武田から上杉へと、兄勝頼や甲斐の人々に惜まれ美しく人当たりのよい菊姫は輿入れとなった。

武田信玄五女菊姫、この時代の嫁入りとしては少し遅い十八歳の秋だった。

信玄の娘を迎えることになった景勝は上杉一門や家来を大勢集め自慢の菊姫を披露し宴を開いた。出された馳走のなかに蟹や魚貝類の並んでいることに菊姫は驚いた。なにせ海のない甲斐生まれの菊姫には全てが新鮮なのだ。

「これは蟹というものなのですか？　どうやって食べるのですか？」

そう素直に訊ねる菊姫の姿に人々はなにかホッとするような気分を感じた。実は菊姫の輿入れ前には上杉家中では様々な噂が飛び交った。曰く、わがままで手が付けられない。信玄の娘だとすぐ甲斐を鼻にかける。信玄に似て恐ろしい気性を持つ、などだ。だが目の前にいる姫は違っていた。可憐で質素であった。

「越後と甲斐はだいぶ違います。ですので色々教えて下さい」

気さくな姫の人を隔てようとしない言葉に皆が、ドッと笑った。姫の言葉、顔、そぶりからはあの川中島の戦いをはじめとする戦で見られた甲斐人の恐ろしさのかけらも見られなかった。人々は菊姫の素直さ、質素さに驚き歓声を上げる。すでに上杉家の人々の心を自然と掴んでいた。

自分がなぜ歓声を浴びることになるのか。菊姫は訳が分からないでただ呆然としていた。その姿がなお菊姫の愛らしさを引き立てていた。

「人は城、人は石垣、人は堀、情は味方、仇は敵なり」

と信玄の言葉が甲陽軍鑑に記されている。信玄は、なにより人財が大切なことを広言し、自身の本拠地には要塞のような城を持たずに戦国大名の暮らしとしてはただただ質素であった。そんな精神が自ずと娘にも受け継がれていったのだろう。八王子に逃れた姉の松姫も畑に機織りに寝る間も惜しんで働いたと言う。菊姫のそのような気質は越後の人々にも性に合っていたのか、快く受け入れられることになる。

しかしその束の間、越後の冬は容赦なく厳しいドカ雪を運んで来た。そして、そのドカ雪からくる身体の芯まで凍らせるような寒さは身体をむしばみ、元来軽い喘息持ちの菊姫は冬になると咳が止まらなかった。菊姫はこの咳に長年苦しめられることになる。

その後、天正十年（一五八二）に本能寺で信長が死亡するとその配下であった羽柴秀吉の時代になった。秀吉はすばやく日の本の中央で覇を唱え天下人となる。時代の趨勢ゆえ致し方なしと上杉景勝も秀吉に従うこととした。


やがて諸大名の妻は秀吉に在京を命じられる。それに伴い菊姫は、京伏見の上杉邸に住んだ。京は越後より雪が少ないので菊姫は比較的健康に過ごせた様である。

元々菊姫の母油川夫人は貴族の出であり、公家との交流も甲斐の時代からあった。また、武田家という世に名高い者の血を引くということで知名度も高かった。菊姫はそれらを利用して、公家衆や諸大名の妻女達と頻繁に手紙のやりとりをする。ときには贈り物をし、絶やすことなく交流を図ったという。これが上杉家の名声を徐々に高めることになる。

勧修寺晴豊という公家衆がいた。上杉家と朝廷との仲介役を務める者である。あるとき、この勧修寺晴豊を茶会での失態によって怒らせることになる。家来たちの酒による失態だという。いくら景勝が詫びのために招こうとも体調不良を名目に一向に上杉家に赴いてくれない。景勝もこれには大いに困惑した。

だが菊姫は決して諦めず懇切丁寧にこれにあたった。そして勧修寺晴豊の妻へ鮒五十四を贈る。このことで勧修寺晴豊も態度を和らげたという。まさに内助の功である。


しかし、やはり喘息か、労咳であろうか。菊姫は、京伏見上杉邸で四十七の歳で逝去した。その死を誰もが惜しんだと言う。法名は「大儀院殿梅岩周香大姉」。周香とは隅々まで気遣うことができた女性へのはなむけであろうか。

上杉家中では菊姫を「甲州夫人」や「甲斐御寮人」と呼んでいたとも言う。

外伝 結

天目山に向かって

「勝頼さま！」

先刻小山田信茂に裏切られ、甲斐東の郡内への峠を閉ざされることになった武田勝頼の一行は、峠へ登りきた道を引き返し、そして天目山へと向かっていた。

そんな疲れ果てていた勝頼一行に後ろから大きな声で呼びかける者がいた。

振り返ると元気そうな老夫婦だった。二人は風呂敷包みを背負っていた。一行の、特に土屋ら武田の兵は警戒したが、全く殺意も見せない老夫婦の様子に勝頼も面を通すことにした。

聞くと勝頼の父信玄の代から躑躅ヶ崎館に饅頭を仕出ししている饅頭屋の老夫婦である。

「この度、勝頼さまが落ち延びられてると聞き……」

「わしらは刃一つ持てるわけではありませんが、せめて饅頭だけでも勝頼様達に渡せればと皆様を追ってきました」

とけなげなことを言っている。風呂敷に包んで背負っていたものは重箱であり、なかには蒸かしたばかりの饅頭やつきたての餅が湯気を立てて詰まっていた。

「おお、なんとありがたい！　朝に飯を食べて以降、皆、何も食べていない。そろそろ日も高い」

勝頼は甲斐の民達がこのように武田を慕ってくれることに感謝した。

「良かった！　どうか饅頭と餅を！」

「餅は信玄公が好きで、わしらが作る餅に蜜をかけ召しあがったと聞きました」

と老夫婦は誇らしげに言う。そういえば自分が小さい頃もこの饅頭をよく食していたな……、と勝頼は幼き日を追想した。

「そうだ、父は餅が好きだった。皆、まだ追っ手も大丈夫であろう。今はとにかく英気を養おう」

勝頼は相変わらず油断できず腰を下ろすこともできなかったが、とりあえず他の者らには一度休ませなくてはならないと思っていた。一行を改めて見渡すと韮崎の新府城を出る時は、四百人ほどいた集団が、気がつくとわずか四十人余りとなっていた。道中、隙あらば一人抜け、二人抜けと減っていったのだろう。勝頼はそれも仕方ないと考えている。しかし女子の数が多い。

「みな休むが良いぞ」と勝頼の声を聞くと、どっと疲れが出たのか、女子達のなかには泣き出しはじめる者もいる。

「美味だ！　こんなに美味なら、さぞ繁盛しているだろう」

勝頼はわざと大声で楽しそうに話し出した。

「はい、おかげさまで、毎日忙しかったくらいです」

「二人で作っているのか？」

「いいえ、村の近場の者とともに何人か手伝ってもらいました」

「おお、そうだろうな！」

勝頼は久しぶりに生気に満ちた会話をしたような心地だった。なにせ新府城から落ち延びて以来、一行は重苦しい空気のなか、ひたすらに歩いてきたからだ。

「馳走になった。饅頭の甘さが疲れた身体に活力を与えてくれたぞ」

そのように老夫婦に礼を告げた。やがて一行も多少は疲れがとれたのか、目に活力が戻ってきていた。

「どうぞ、お気をつけて、お達者で」

勝頼一行は再度天目山へと歩を進めることにする。老夫婦はそんな一行を見送ろうとした。

「おお忘れていた……」

勝頼ははたと気づき、老夫婦に声を掛ける。

「そなたらに礼を渡さねば。我々はこの饅頭で生き返る心地がしたのだ」

勝頼は、近習の者に饅頭を入れてきた重箱に持ち合わせていた路銀を詰め込むよう命じた。

「勝頼さま、わしたちは代々、武田さまのおかげで安心して商売ができました」

「これくらいのことはあたりまえです。いただいたら罰が当たります」

と老夫婦は断ろうする。

「いや、こうして来てくれた気持ちがうれしいのだ。いまこの場は金より饅頭の方がありがたいのだ！」

「過分な褒美となります。いただけません！」

そんな老夫婦に勝頼は恭しく言葉を続ける。

「私は甲斐の者達を最後まで守ってやれなかった。せめてもの償いだ」

「なれど勝頼さまも落ち延びられるのに路銀は必要と」

「私は大丈夫だ。その方たちこそ、これから織田軍が攻めて来て戦火に遭うかもしれない。その時はその金を持って逃げよ」

勝頼の言葉に、老夫婦は、勝頼一行がすでに死出の旅路の覚悟を決めているのだと悟った。

やがて夫婦は丁寧に礼をすると、登ってきた道を引き返して行った。勝頼一行は坂道を上がって、いつまでも夫婦を見送っていた。老夫婦も名残惜しそうに何度も何度も後ろを振り返った。老夫婦のそんな姿に涙ぐむ者もいた。勝頼は、こうして最後に、甲斐の民に会えたことが、ただただありがたかった。

「ここにいる者達も、誰よりも当主である貴方様を慕っていますよ」

傍らの北条夫人が勝頼に言う。それを聞いていた武田の者たちも夫人の言葉にこくりとうなずいた。

「そんな貴方が暗い顔して可哀相だから、今でも付いてきてるのです」

夫人の冗談めかした言葉に、従者たちが慌てて訂正をする。

「滅相も！　私達もあの饅頭屋の老夫婦と同様です。ご当主の号令のもと甲斐の地が切り開かれ貧しかった土地が豊かになりました。今ここにいる者達はそんな武田ご当主に感謝し、勝頼様に最期まで従いたいのです」

勝頼は涙をこらえた。

「人の上に立つ者、決して人前で涙は見せない。男は決して人前で泣くでない」とかつて信玄が教えてくれた声が聞こえた気がした。再び一行を励まし勝頼は天目山へと歩きはじめた。

三月十一日、勝頼一行は天目山へ死を迎えることになる。やがて一行に織田軍が追いつき、この日、天目山は血の海となった。甲斐武田の終焉の地。それが天目山である。

今はのどかに緑美しい天目山からは、当時の様相は想像に絶する。そして、四十名余りを慰霊する石碑に女、子どもが多いのがあまりにも悲しい。

設楽原古戦場①滝の番人

天正三年（一五七五）五月二十一日、設楽原は戦場になった。織田徳川方六千人、武田方一万人の戦没者を数えたと伝承に残る。

愛知県新城市の長篠大橋から寒《かん》狭川《さがわ》の流れが見える。橋は長篠城跡に向かう国道一五一号線上にあるが、橋の下流に見える直角九十度に曲がる川の流れに驚く。武田勢は、この上流の川幅の狭い猿橋付近に、一時的な橋を架け渡ったと言われている。長篠・設楽原の決戦の敗走路である。

今その辺りは花の木公園となり、滝の番人丸山氏が喫茶店を営み、静かに守ってくれている。丸山氏の珈琲はまるで清流そのもののように爽やかに優しいコクがある。清流は滝ともなり、静かにも流れる。

のどかなひとときを過ごせた反面、勝頼がどのような気持ちでこの川を渡ったのだろうか、と思うと胸が締め付けられる。

又、戦いの前日、武将馬場信

春、山縣昌景、内藤昌豊、土屋昌次の四人が訣別の盃を交わしたとされる「清井田の泉」が設楽原歴史資料館近くにある。

武田の武将のトップとも言える四人の猛将は、戦を前にしてなにを想ったのだろうか。

設楽原古戦場②
—ボランティアガイド—

現在では緑豊かな美しい設楽原一帯をボランティアガイドの竹内雅史氏が案内を勤めている。

二〇二一年夏、私は小説『山縣昌景』完成後、この地を訪れた。

新城市設楽原歴史資料館、山縣昌景公墓、そして各軍が陣を張った古戦場跡など、暑さ厳しいなか、竹内氏は汗を拭いながらご丁寧に歩調を合わせて案内して下さった。

又、地元ならではの、まるで民話のように伝わる貴重な話を伺えた。

先駆けとして果敢に挑み戦死し

た山縣昌景の首を家来の志村又右衛門貞盈が敵方に奪われないよう自ら落とし、甲斐まで持ち帰ったという話は本文でも記した。

その時、志村又右衛門貞盈は昌景の遺体を背負い近くの農家に逃れたという。そして農家で身体を休ませてもらい、その後昌景の首を落とし松の木を目印に昌景の胴を埋めた。志村又右衛門貞盈はその農家に短刀烏丸を御礼として渡したと伝承が残る。

※なおこの志村氏は故志村けんの先祖ともいわれる。

やはり小説のネタは地元を歩かなければである。

今回、ありがたい宝のような話しと竹内様の暖かい心に触れることが出来た。竹内氏がいつまでもご健康でガイドを務めれらることを祈ってやまない。

あとがき

武田を終焉させた武田勝頼は果たして愚将だっただろうか。私はそうは思わない。その想いで勝頼の功績をみなに伝えたく小説として記し、なんとか完成にこぎ着けました。

これもひとえに、山梨市で温泉を営む川浦温泉山県館の方々、書道の先生方、また先輩・後輩の方々、また友人、出版社、そして家族の皆様のおかげです。ここに御礼を申し上げます。ありがとうございました。

●参考図書

『歴史読本』菅英志（編）新人物往来社
「甲斐・武田信玄」武田神社社務所発行
「甲陽軍鑑」土橋治重（編）矢立出版
「驚きの長篠・設楽原の戦い事典」設楽原ボランティアの会制作

池波正太郎『まぼろしの城』講談社
池波正太郎『忍びの女（上・下）』講談社
池波正太郎『真田太平記』シリーズ　新潮社
池宮彰一郎『本能寺（上・下）』角川書店
泉秀樹『歴史人物・意外な伝説』PHP研究所
加藤廣『信長の棺』日本経済新聞出版
加来耕三『「風林火山」武田信玄の謎』講談社
霧島那智『武田信玄の野望』シリーズ　青樹社
佐藤大輔『信長新記』徳間書店
佐藤雅美『信長（上・下）』文藝春秋
司馬遼太郎『豊臣家の人々』中央公論新社
柴田錬三郎『新装版真田幸村真田十勇士』文藝春秋
清水義範『信長の女』集英社
武田八洲満『勝頼』光文社
武山憲明『家康の父親は武田信玄だった！』ぶんか文庫
津本陽『武田信玄（上・下）』講談社
童門冬二『小説 直江兼続 北の王国』集英社
土橋治重『武田信玄』三一新書
土橋治重『武田信玄・機と智の人間学』三笠書房
土橋治重『織田信長・物語と史蹟をたずねて』成美堂出版
戸部新十郎『信長の合戦』PHP研究所
中島道子『小説　信玄と諏訪姫』PHP研究所
新田次郎『武田信玄』シリーズ　文藝春秋
新田次郎『武田勝頼』シリーズ　文藝春秋
野口勇『徳川の女（上・下）』PHP研究所
畑川皓『武田信玄三条夫人と皇室』
火坂雅志『天地人（上・中・下）』NHK出版
平岩弓枝『千姫様』角川書店
平山優『長篠合戦と武田勝頼』吉川弘文館
深沢七郎『笛吹川』講談社
松平アキラ『小説　徳川秀忠と豊臣秀頼』幻冬舎
山岡荘八『史説家康の周囲』光文社
山岡荘八『徳川家康』シリーズ　講談社
山岡荘八『織田信長』シリーズ　講談社
山田智彦『木曽義仲（上・下）』NHK出版
山村竜也『真田幸村・英雄の実像』河出書房新社
和田竜『村上海賊の娘（上・下）』新潮社
隆慶一郎『影武者徳川家康（上・下）』新潮社

著者紹介
武田　かず子（たけだ　かずこ　本名：田村和子）

1950年東京都生まれ。現埼玉県在住。
和洋女子短期大学卒業
書道一元会準同人
書道清友会副会長
書道清嵐会塾長
武田信玄研究家
企販小説
「信玄最後の側室」（文芸社）2009年
「花影の女」（文芸社）2012年
「甲斐の猛将　山縣昌景」（まつやま書房）2021年

小説 **武田勝頼**

2024年6月25日　初版第一刷発行
著　者　武田かず子
題　字　長妻流水（元青山学院大学講師）
発行者　山本智紀
印　刷　株式会社シナノ
発行所　まつやま書房
〒355－0017　埼玉県東松山市松葉町3－2－5
Tel.0493－22－4162　Fax.0493－22－4460
郵便振替　00190－3－70394
URL:http://www.matsuyama－syobou.com/

ISBN 978-4-89623-219-6 C0093

女流作家が描く、戦国武将の波瀾で華麗な生き様

甲斐の猛将
山縣昌景

甲斐の名将・武田信玄に忠義を尽くし、武田二十四将の一人として華々しく設楽が原の戦場で散った赤備えの将・山県昌景――
そして武田に仕えた一人の女忍び

まだ幼さを顔に残す飯富源四郎は、叔父飯富虎昌を頼りに遥か西国の萩から甲斐の国へとやってきた。戦国大名として名を馳せ始める武田晴信(のちの信玄)にその才を認められた源四郎は、戦乱明け暮れる時代でも実直な武将として成長していく……

そしてある日、晴信に駿河国へと追放された先代・武田信虎に仕える志村家の女忍びが使者として飯富虎昌を訪れる。

この二人が武田家にもたらすものとは？

2021年6月刊行

定価(本体 **1300**円+税)
四六判・並製本・195頁
ISBN 978-4-89623-143-3

歴史小説

昌景の生涯を少年期から追っていき、巨大な敵・織田家との戦い「設楽が原」の戦場にて華麗に散るまでを描く。
また著者自身が訪れた昌景ゆかりの地の紀行エッセイも各所に掲載。他にも滅びゆく武田家の人々を描く外伝余話すを2話掲載している。